全球最经典的一百本少儿书

杜利特医生航行记

一位能听懂动物语言的乡村医生的奇遇故事

The Voyages Of Doctor Dolittle

Hugh Lofting

[美]休·洛夫廷◎著　易宣◎译

江苏文艺出版社
JIANGSU LITERATURE AND ART
PUBLISHING HOUSE

图书在版编目（CIP）数据

杜利特医生航行记 /（美）洛夫廷 (Lofting,H.) 著
; 易宣译 . -- 南京 : 江苏文艺出版社 , 2014.1 (2024.10 重印)
ISBN 978-7-5399-6477-5

Ⅰ . ①杜… Ⅱ . ①洛… ②易… Ⅲ . ①童话—美国—
现代 Ⅳ . ① I712.88

中国版本图书馆 CIP 数据核字 (2013) 第 180277 号

书　　名	杜利特医生航行记
著　　者	（美）洛夫廷
译　　者	易　宣
责任编辑	孙金荣
出版发行	凤凰出版传媒股份有限公司 江苏文艺出版社
出版社地址	南京市中央路 165 号，邮编：210009
出版社网址	http://www.jswenyi.com
经　　销	凤凰出版传媒股份有限公司
印　　刷	艺通印刷（天津）有限公司
开　　本	652 毫米 ×960 毫米　1/16
印　　张	12.25
字　　数	160 千字
版　　次	2014 年 1 月第 1 版
印　　次	2024 年 10 月第 3 次印刷
标准书号	978-7-5399-6477-5
定　　价	49.80 元

目　　录

序

迄今为止，我写的关于杜利特医生的故事都是我从认识他的人那听来的——很多故事发生在我出生以前。不过，现在我要记录的这位伟大人物的生活都是我亲眼所见、亲身参与的部分。

很多年前，医生就允许我做这件事了。但那时我们正忙于环游世界、经历冒险，然后在笔记本上记录自然史，所以我总是没有时间坐下来完成写作。

当然，现在我年事已高，记性也不太好了。但是，每当我怀有疑问、犹豫不定的时候，我总会去问波利尼西亚——那只鹦鹉。

在我写这本书的时候，那只神奇的鸟（如今它已经差不多 250 岁了）总是坐在我的书桌上，自顾自地哼着水手之歌。见过它的人都知道，波利尼西亚有着世界上最非凡的记忆力。每当我对发生过的事情不太确定的时候，它总能帮助我回忆起来，它会很精确地告诉我事情是怎么发生的，当时有谁在场，所有的细节它都记得清清楚楚。事实上，有时候连我自己都觉得这本书是波利尼西亚写的，而不是我写的。

好吧，言归正传，我们的故事就要开始了。不过，首先我必须告诉你们我是谁，以及我是怎么认识医生的。

第一部分

第一章

修鞋匠的儿子

我叫汤米·斯塔宾斯，是泥塘镇修鞋匠雅各布·斯塔宾斯的儿子，我九岁半。那时候，泥塘镇只是一个很小的城镇。一条河流从小镇中央穿过，河流上有一座很老的石头桥，叫做“金斯桥”，桥的这一头是集市，另一头是教堂。

海上行驶而来的帆船在这座桥的附近下锚停船。我经常跑到这看水手把船上的货物卸到河堤上。水手拉缆绳的时候唱着奇怪的歌，我就凭记性跟着学会了唱这些歌。我会坐在河堤上，让双脚悬在水面以上，和这些人一起唱歌，好像自己也变成了一名水手。

每当看到他们背对泥塘镇教堂，把小船再次滑进河里，驶过宽广寂寞的沼泽驶向大海，我总渴望自己也登上船只和他们一起起航。我想和他们一起去国外寻找自己的未来——非洲、印度、中国，还有秘鲁！当船只在河里拐弯时遮住了整个河面，但仍能看到船上飘扬的巨大的灰色船帆掠过小镇的房顶，缓慢地向前移动，就像有礼貌的巨人悄无声息地在房子之间穿行。我想象着，他们的船下次再停靠金斯桥的时候，他们又会见识了怎样有趣的事物呢。我一直坐在那幻想着我从没见过的世界，直到船驶出视野。

那时候，我在泥塘镇有三个最要好的朋友。一个是乔，他是个拾贝人，住在桥下靠水的一间小屋里。这位老人很会做手工活。我从没见过哪个人的手有他那么灵巧。他常常帮我修理我放到水里航行的玩具船；他用包装箱和桶壁造风车；他还能用旧伞做出最漂亮的风筝。

乔有时会带我上他的拾贝船，退潮以后我们可以把船划到海边去捡贝壳、抓龙虾，然后拿去卖。海边清冷孤独的沼泽地里，大雁时而飞过，有时还能见到杓鹬、红脚鹬，以及许多居住盐沼泽的长草丛里的海鸟。傍晚时分，我们在河里缓缓滑行，潮水回涨的时候，我们就能看见金基桥上的灯光在暮色中点点闪烁，这灯光让我们想起美味的下午茶和温暖的炉火。

我另一位朋友叫马修·马格，他是个卖猫食的人，他有严重的斜视但非常有趣。他长得实在不好看，但是却是个很容易交谈的人。他认识泥塘镇的每一个人，也认识镇上所有的狗和猫。那时候卖猫食是很常见的职业。几乎每天你都会看到有人托着一个盛满肉串儿的木托盘沿街吆喝“猫食！卖——猫——食！”这时候人们就买下他的肉串儿去喂他们的猫和狗，小猫小狗就不用吃饼干或桌上的残羹冷炙了。

我喜欢跟着老马修转悠，街上一响起他的吆喝声，我就能看见猫呀狗呀就飞快地跑到院子门口来了。有时候他还让我给小猫小狗喂肉，我觉得这有意思极了。老马修知道很多关于狗的知识，我们穿过小镇的时候总能遇见各种不同的狗，他都能叫上名来。他自己也养了好几只狗：一只跑得飞快的威比特犬，马修经常带着它在镇上举行的周六赛狗比赛中得奖；另一只是小猎犬，是个捉老鼠的好手。有了它，马修除了卖猫食的生意之外，还能帮磨坊主和农场主捉老鼠来挣点钱。

我的第三个好朋友是隐士卢克。关于他的故事，我后面再慢慢讲。

我没有上学，因为父亲没钱供我读书。但是我对动物非常感兴趣，所以，我大多数时间都用来找鸟蛋、逮蝴蝶，去河边钓鱼、漫步乡野摘些黑莓和蘑菇，或者帮着拾贝人补补渔网。

虽然当时不觉得，可现在回想起来，那真是一段开心惬意的时光！当时我只有九岁半，像其他男孩儿一样，并不知道过着这样无忧无虑的日子是多么幸福，总是渴望快快长大，期待有朝一日可以离开父母，成为一名勇敢的水手，驾驶船只，穿过迷雾蒙蒙的沼泽，驶向大海，到外面广阔的天地中去寻找属于自己的未来。

第二章

听闻伟大的博物学家

春天的一日清晨，我正在小镇的后山闲逛，正巧撞见一只老鹰，它爪子里正抓着一只小松鼠，矗立在一块岩石上，小松鼠正在它的爪子里拼命挣扎。老鹰突然看见我，吓得爪子一松扔下那可怜的小松鼠飞走了。我捡起小松鼠，发现它的两条腿受伤很严重，所以我就带着它回到了镇上。

我走到石桥，来到拾贝人的小屋，问他能不能帮帮这只可怜的小松鼠。乔用显微镜给小松鼠做了仔细的检查，然后摇摇头。

“这小可怜断了一条腿，”他说，“另一条腿也伤的很严重。汤米，我只会修船，我没有工具，更没学过怎么医治一只受伤的松鼠。你得找个外科医生，一位聪明合格的外科医生。我知道有一个人可以救你的小松鼠。他叫约翰·杜利特。”

“约翰·杜利特是谁？”我问道，“他是兽医吗？”

“不是，”拾贝人说，“他不是兽医，杜利特博士是一位博物学家。”

“什么是博物学家？”

“博物学家，”乔边说边摘下眼镜，装起烟斗，“就是对动物、蝴蝶、岩石，还有植物什么都懂的人。约翰·杜利特是一位非常了不起的博物学家。我很惊讶你那么喜欢动物，却没有听说过他。他对海贝了如指掌，我知道的那些知识，他都知道的一清二楚。他是个安静的人，话不多，可大家都说他是世界上最伟大的博物学家。”

“他住哪里？”我问。

“在小镇另一头，奥格尔索普路。不知道具体是哪间房子，不过我想路上碰见的任何人都会知道的。去找他吧，他是个好人。”

于是我谢过拾贝人，带着小松鼠朝着奥格尔索普路走去。

我一到集市上就听见熟悉的吆喝声“猫食！卖——猫——食！”

“是马修，”我自言自语，“他肯定知道医生住哪里。马修什么都知道。”

所以我快速穿过集市，拦住他。

“马修，”我说，“你认识杜利特医生吗？”

“居然问我认不认识约翰·杜利特！”他说。“我当然认识他！就像熟悉我自己的太太一样熟悉他，有时候我觉得我比了解太太更了解他呢！他是个了不起的人，非常了不起。”

“你能告诉我他住哪儿吗？”我问，“我想带着小松鼠去找他，小松鼠的腿断了。”

“当然，”卖猫食的人说，“我正好要经过他的房子。跟我来，我带你去。”

于是我们一路同行。

“噢，很多年前我就知道约翰·杜利特了，”我们走过集市的时候马修告诉我，“但我很确定他现在不在家。他总在航行。但他肯定会回来的。我会告诉你他的房子在哪，你就知道该到哪里去找他了。”

在往奥格尔索普路走的一路上，马修一直不停地讲他这位伟大的朋友——“医学博士”约翰·杜利特。他滔滔不绝地说着，根本忘记了叫卖这回事儿。后来，我们突然发现一大群小狗耐心地跟了我们一路。

“这次医生去哪儿航行了？”我一边用手拿起肉串儿喂小狗，一边问马修。

“说不好，”他说，“没人知道他去哪儿了，也没人知道他什么时候走的，更没人知道他什么时候回来。他独自生活，只与他的宠物们为伴。他经历过伟大的航行，有很多有趣的发现。他上次回来的时候告诉我他在太平洋上发现了红种印第安人部落，他们住在两个岛屿上。丈夫住在一个岛上，太太住在另一个岛上。他们是讲理的人，不过也有些野蛮的。丈夫和太太一年才见一次面，每年圣诞节的时候丈夫会去太太住的岛上看望她们，那时候会大摆筵席。他真是个好人，我是说这位医生。至于动物，没有谁比他懂的更多了。”

“他怎么知道那么多关于动物的知识？”我问。

卖猫食的人停下来俯身在我耳边悄悄说：“他会说动物的语言。”他声音嘶哑，神秘兮兮。

“动物的语言？”我叫起来。

“千真万确，”马修说，“每种动物都有自己的语言，有些动物话多一些，有些只会打打手势，就像聋哑人那样。但是医生能听懂所有鸟类和动物的语言。这是我和医生之间的秘密，只有我和他知道，因为在别人面前说起这个，准会被笑话的。哇喔，他还会用动物语言写书呢，写好了就大声读给他的宠物们听。他用猴子语言写了一本历史书，用金丝雀语言写了本诗集，还写有趣的歌曲给喜鹊唱。事实上，他最近正忙着学习海贝的语言。不过他说很难学，因为总是要把头伸进水里，他都得了好几次重感冒了。他真了不起！”

“他肯定很了不起，”我说，“我真希望他在家，那样我就可以见到他了。”

“喏，看哪，那就是他家，”马修说，“街角拐弯处的那所小房子就是了——那栋看上去像坐落在街道上的高房子。”

我们走到了小镇边界，马修指给我看的房子很小，孤单地伫立在那。不过房子周围好像有个大花园，比街面高很多，得往上走一大段石梯才能到那扇高高的前门。我能看见花园里长得很好的果树，它们的枝丫已经伸到墙外。不过墙很高，除了这些就再看不见别的什么了。

我们走到小房子前，马修沿着楼梯走到前门，我紧跟着他。我想着他会进花园呢，可大门是锁着的。一只小狗从屋子里跑出来，马修从门栓那里塞了几块肉、几包玉米和麸皮，小狗都接下了。我注意到这只小狗没有像其他的狗那样立刻把肉吃掉，而是把所有的东西都叼进房间里去，然后消失了。它脖子上带着一个奇怪的宽项圈，像是黄铜或什么东西做的。接着我们就离开了。

“医生还没回来，”马修说，“不然院子不会锁起来的。”

“你给小狗的几包东西是什么啊？”我问。

“噢，那些啊，是给它们准备的食物啊，”马修说，“医生的房子里都是动物，医生不在家的时候，我就把东西给那只狗，它会把东西分给其他动物。”

“它脖子上戴着的奇怪项圈是什么？”

“那可是纯金的狗项圈，”马修说，“那是很久以前它跟着医生去航海的时候得到的，因为它救了个人。”

“这只狗跟着医生有多久了？”我又问。

“噢，太久了。现在吉普已经很老了。所以医生现在不带他去旅行了。他把吉普留在家照顾房子。每个星期一和星期三，我把事物带到门口，从栅栏里递给它。医生不在家的时候，它从不让人到花去区，连我也不例外，就算我跟它很熟。但是很容易判断医生有没有回来，医生在家的时候大门肯定开着。”

于是，我只好回家。我把小松鼠放在床上，用旧木盒给小松鼠做了个窝，里面铺上稻草。之后，我只能自己护理它，尽可能地照顾好它，等着医生回来。每天我都跑到小镇边上那所带大花园的小房子去，看看门有没有开着。有时候，小狗吉普到门边来看我。它总是朝我摇尾巴，看起来挺喜欢我的，但就算这样，它也从不放我进花园里去。

第三章

医生的家

四月末的一个周一下午，父亲让我把修好的鞋拿到小镇另一头，送给挑剔的贝罗斯上校。

我找到他的房子，在前门按了门铃。上校出来开了门，伸出红红的脸蛋说："绕到后门去，那才是生意人该走的门。"说完就"砰"地关上了门。

我真想把鞋子扔进他的花坛！但我想父亲肯定不乐意我这么做，所以我忍住了。我绕到后门，上校的太太在后门等着我，从我手上接过鞋子。她看起来是个胆小的妇女，手上沾满面粉，可能是正在做面包。她好像很害怕她丈夫，那时候我还能听见上校在屋里走来走去，愤怒地抱怨我不该走到前门去。后来，他太太又悄悄问我要不要来点小面包和一杯牛奶。我说："好啊，谢谢。"吃了点面包又喝了杯牛奶，我谢过上校夫人后离开了他家。当时我想回家前再去看看医生回来了没有。那天早上我已经去看过一次了，但我得再去看看。我的小松鼠一点也没有好转的迹象，我很担心。

我拐进奥格尔索普路，朝医生的房子走去。路上我留意到天空乌云密布，好像快下雨了。

到了医生家门口，我发现门还是锁着的，感到很丧气。一个星期以来我每天都来。小狗吉普走到门口，像往常一样朝我摇尾巴，然后坐下来警惕地盯着我，生怕我进去。

我开始担心等不到医生回来，我的小松鼠就会死掉。我伤心地离开，沿着阶梯走到街上，朝家里走去。

我想知道是不是已经到吃晚餐的时间了。我自己当然没有表，但我看到有位绅士沿着街道走过来。等他走近一点，我才看清是上校出来散步了。他穿着整洁漂亮的外套，围着围巾，戴着颜色鲜艳的手套。天气并不是很冷，他却穿地很多，像个裹在毛毯里的枕头。我问他是否可以告诉我时间。

他停下来，瞪着我，嘴里咕哝着什么，他的脸变得更红。他说话的

声音就像是软木塞从姜汁啤酒瓶里蹦出来。

“想想看，”他噼里啪啦地说，“我正散着步，想放松放松，却碰见你这个小孩儿问我几点了！”说完他就晃晃荡荡地走了，嘴里发出更大咕哝声。

我呆呆地站在原地看他走远，心想我要多大他才肯掏出口袋的表，告诉我时间呢。正琢磨着，突然就下起了瓢泼大雨。

我从没见过这么大的雨。天色阴沉下来，像黑夜一样漆黑，狂风大作，电闪雷鸣，不一会儿，路边的排水沟就泛滥成河了。附近没有地方可以避雨，我只好埋着头迎着狂风暴雨，飞奔着往家里赶。

没跑多远，我的头就撞上个软绵绵的东西，一屁股跌坐在马路上。我抬头想看看撞上了什么。在我面前，一个矮矮胖胖的人和我一样坐在地上，他面容和善，头戴一顶旧高帽，手里拿着个小黑包。

“真对不起，”我忙说，“我低着头，没看见你走过来。”

令我惊奇的是，这位小个子先生并没责怪我撞了他，反而哈哈大笑起来。

“你知道吗，”他说，“这让我想起在印度的时候，有一次我在暴雨里狂奔，一下撞上了一位女士。她头上顶着一罐蜂蜜，之后一个星期我头上都沾满了蜂蜜，我走到哪苍蝇就跟到哪。我没撞伤你吧？”

“没有，”我说，“我没事。”

“刚刚不光是你的错，我也有错呢，知道不？”小个子先生说，“我也低着头走，不过我们总不能一直这样坐在地上说话。我都湿透了，你肯定也是。你还要走多远？”

我们都从地上站起来，我告诉他：“我家在镇子另一头呢。”

“天哪，路上都是水！”他说，“我敢说这雨越下越大。到我家来把衣服晾干吧，这样的暴雨不会持续太久。”

他说着就拉起我的手朝我来的路跑起来。我们奔跑的时候我就想，这个有趣的人是谁呢，他住哪里呢。我和他从未相识，但是他却让我到他家里去把衣服晾干。那个大红脸上校连为我看一眼时间都不肯，他们俩的差别多么大啊！刚想到这，我们就停下来了。

“到了。”他说。

我抬头看看我们在哪，竟然发现我脚下的楼梯正通向有着大花园的小房子！我的新朋友已经跑上楼梯，从口袋里掏出几把钥匙打开了门。

“显然，”我心想，“他不可能是伟大的杜利特医生本人！”

听过关于他的许多传说后，我觉得他应该又高又壮又潇洒。很难相信眼前这个笑容和善、样貌可爱的小个子先生就是他。但他显然就是！他跑上楼梯，打开了那扇我观察了很多天的门。

小狗吉普冲了出来，跳到他身上，高兴地吠叫起来。雨下得更大了。

“你真的是杜利特医生啊?”在跟着他穿过花园的小路进房间的时候，我喊了出来。

“对，我就是杜利特医生，”他说着，用同一串钥匙打开前门，“快进来！别擦脚了，别管脚上的泥巴，直接进来吧，进来就不用了淋雨了！”

我冲进门，他和吉普也跟了进来。然后他就“嘭”地关上门。

暴雨让外面一片黑，可因为关上了门，屋里也漆黑如夜。接着，屋里响起各种我听过最奇怪的声音。那声音听起来像是各种各样的动物和鸟类同时发出吱吱呀呀的尖叫。我能听见有什么东西从楼梯上纷纷滚落，急匆匆地穿过走道过来。黑暗里某个角落一只鸭子在嘎嘎叫，一只公鸡正啼叫，一只鸽子咕咕叫唤着，一只猫头鹰唬唬叫着，一只羊羔咩咩叫，吉普也在吠叫着。我感觉到一只鸟在我脸旁扇动着翅膀。很多动物在我脚边冲冲撞撞，弄得我有点心烦意乱。看起来整个前厅已经挤满了各种动物。各种动物的嘈杂声夹杂着暴雨的咆哮声，让人心惊。我正感觉有点害怕，医生突然抓住我的胳膊，在我耳边大声喊:“别害怕别害怕。它们只不过是我的宠物。我已经离开三个月了，它们看到我回家很高兴。站在这里别动，我去找火柴。天啊，这暴雨真大，听听这雷声！”

就这样，我站在漆黑的房间里等着，身边挤满了看不见的、叽叽喳喳的各种动物。我觉得好奇又好笑。以前从前门往里看的时候常常会想杜利特医生究竟是什么样的人，这有趣的小房子里又是什么样子。只是我从未想到是这种情形。不过不知怎么，自从医生把手搭在我胳膊上，我就不怕了，只是还有些困惑。这就像个奇异的梦，我开始怀疑我是不是在做梦呢！正在这时，我听见医生又说话了:“我的火柴都湿了，点不着了。你那儿有没有火柴?”

“没有。我没有火柴。”我朝他喊道。

“没关系，”他说，“或许哒哒可以在哪儿找到。”

然后，医生卷着舌头发出一连串滑稽的咔哒声，我就听见有人从楼梯那上去，在头顶的房间里四处走动。

我们等了好一会儿，没有什么动静。

"是不是要等很久才有火?"我问,"有动物坐在我脚上,我脚趾头都麻了。"

"不,一会就好,"医生说,"它很快就来了。"

就在那时,楼梯上方的平台上亮起一线光明,一时间所有的动物都安静下来。

"我以为你一个人住,"我对医生说。

"的确如此,"他说,"点灯的是哒哒。"

我抬头朝楼梯上看,想看清走下来的是谁。我看不到楼梯拐角四周,却听到楼上奇怪的脚步声,听起来像有人一步一步跳下来,好像只用一只脚走路一样。

等灯光更近一些,也更亮一些的时候,墙壁上投射出奇怪的影子。

"哈啊,终于下来了!"医生说:"好样的,老哒哒!"

那会儿我真以为自己在做梦!因为,我看到一只洁白无瑕的鸭子,伸长脖子,从楼梯拐角处单脚跳跃而下,它的右脚则举着一根点燃的蜡烛!

第四章

尾 弗 瓦 夫

这下我终于能看清楚四下的情形了。我发现大厅里确实挤满了各种动物。在我看来,乡下能见着的动物这里都有:鸽子、白鼠、猫头鹰、獾、穴鸟,还有一头小猪,刚从大雨淋漓的花园里进来,正在垫子上小心翼翼地擦脚,蜡烛的光亮正照着它湿哒哒、粉嘟嘟的后背。

医生从鸭子那接过烛台,转向我。

“看哪,”他说,“你得把这身湿衣服脱掉。对了,你叫什么名字?”

“汤米·斯塔宾斯。”我说。

“噢,你是鞋匠雅各布·斯塔宾斯的儿子?”

“是的。”我说。

“你父亲是个好鞋匠,”医生说,“看到没?”他抬起右脚给我看他脚上的大靴子,“这是你父亲四年前给我做的,我一直穿着,真是好鞋哪!对了,瞧瞧吧,斯塔宾斯,你得赶紧把湿衣服脱下来。等一下,我去再拿些蜡烛来点上,那样我们就能到楼上找几件干衣服了。你只能先穿我的旧衣服了,你自己的衣服等用厨房的火炉烤干了再换上。”

没多久,房子里四处都点上了蜡烛。我们上了楼,进了卧室。医生打开一个大衣橱,找出两件旧衣服,我们分别换上。然后我们把湿衣服拿到楼下厨房,生起火开始烘烤衣服。我穿医生的衣服实在太大了,到地下室帮着拿木柴上来的时候总是踩到衣服的后摆。不过不多一会儿,我们就把火烧的挺旺,我们找了几把椅子放在火炉旁,把湿衣服搭在椅子上烤。

“好了,接下来做点晚餐吃吧,”医生说,“你当然得留下来和我一起吃晚饭,是吧,斯塔宾斯?”

那时候,我已经开始喜欢这位可爱的小个子先生了,他称呼我“斯塔宾斯”,而不是“汤米”或是“小家伙”(我最讨厌别人叫我“小家伙”!)这位先生对待我就像对待他的一位成年朋友一样。所以当他邀请我留下来和他共进晚餐时我欣喜雀跃。可我突然想起来我没告诉母亲会晚回家,于是我很伤心地回答说:“太感谢你了。我很愿意留下来吃饭,但这么晚没回去我母亲会担心，她不知道我去了哪里。”

“噢，我亲爱的斯塔宾斯，”医生边说边往炉子里添了块柴火，“你的衣服还没干呢。你要等它们干了再走吧，对吗？等它们能穿的时候，我们已经做好饭吃完了。你看见我把包放哪儿了吗？”

“可能还在大厅吧，”我说，“我去看看。”

我在前门那儿找到了包。那是一只黑色皮革包，看来已经非常非常旧了，包上有一条拉链已经坏了，被医生用一根绳子绕着包中央捆了起来。

“谢谢了。”我把包递给医生时他说。

“你出海的时候只带了这么一件行李吗？”我问。

“是的，”医生说，他解开绳子，“我不喜欢带太多行李。行李多了太讨厌。生命短暂，不必过分讲究。而且根本没什么用，你知道……我把香肠放哪儿了吗？”

医生在包里摸来摸去。先是掏出一块新鲜的面包，接着掏出一个玻璃罐子，上面盖着奇怪的金属盖子。他举着罐子对着亮光仔细看了看，才把它放到桌上。我看见罐子里有小小的水生生物，正在水里游动。最后医生才找到那根香肠。

“好了，”医生说，“就差煎锅了。”

我们走进炊具存放室，那里的墙上挂满了坛坛罐罐。医生取下煎锅，锅里全是灰。

“天哪，看看！”他说，“离开太久就这点不好。动物们非常能干，总是尽最大可能把屋子收拾的干干净净。哒哒是个出色的管家。但有些事它们实在没法管。没关系，一会儿洗洗干净就行了。水槽下有细沙，找到递给我好吗，斯塔宾斯？”

不一会儿，我们就把锅刷地锃亮，接着把香肠放进煎锅，满屋子都是香味。

趁医生忙着做饭，我又跑过去看那玻璃罐里游来游去的小生物。

“这是什么动物？”我问。

“哦，那个啊，”医生转过身来说，“那是尾弗瓦夫，全名是‘黑皮咔普斯·皮陶皮图斯’。不过当地人都叫它‘尾弗瓦夫’，我想大概是它游泳时喜欢摆尾巴吧。我最近一次航海就是为了找到它。你知道吗，我正忙着学习贝类的语言，它们有自己的语言，我确信无疑。我会说一点鲨鱼的语言，也懂一点儿海豚的语言。不过现在最想学贝类的语言。”

“为什么？”我问。

那会儿我真以为自己在做梦！
因为，
我看到一只洁白无瑕的鸭子，伸长脖子
从楼梯拐角处单脚跳跃而下，
它的右脚则举着一根点燃的蜡烛！

“喔，你瞧，有一些海贝是我们所知道的世界上最古老的动物。我们在岩石里发现它们的壳，已经成为化石，有好几千年的历史了。所以，我相信如果我学会它们的语言，我就能够知道很久很久以前世界是什么样的了，你说呢？”

“可是，难道没有别的动物能告诉你这些么？”

“我想没有，”医生边说边用叉子叉香肠，“说实话，以前我认识的非洲猴子能够告诉我很多过去的事，但它们最多也就知道一千年以前的事。没有别的动物了，只有海贝能告诉我这世界上最久远的事儿，只有它们。你瞧，其他古代的生物现在大都灭绝了。”

“现在你学会点儿贝类的语言了吗？”我问。

“还没呢，我才开始学。我找这种特殊的尾弗瓦夫是因为它一半是贝类一半是普通的鱼。为了找到它，我一路追到了地中海。不过，我担心它也帮不了我多少忙。实话告诉你吧，我看到它的时候很失望，它看起来就不太聪明，是不是？”

“是啊，你说的没错。”我表示赞同。

“啊，”医生说，“香肠煎的刚好。来来来，把你的盘子拿近点，我好给你夹点儿。”

于是我们在餐桌边坐下来美美地吃了顿晚餐。

那是个不错的厨房。后来我又在那里吃过很多次饭，我发现在那个厨房里吃饭真是太好了，比世界上最豪华的餐厅还要好。那里温暖舒适，很有家的感觉，取用食物非常方便，伸伸手就能把炉火上热腾腾的食物端上桌，美餐一顿。还可以一边喝汤一边看着烤面包片儿，免得烤糊。要是忘了把盐放桌上，也不用起身到另外的房间去拿，只要转身从身后的碗柜里拿下盛盐的大木盒就行了。还有那壁炉，肯定是你见过最大的壁炉——大的像个房间。吃过饭，壁炉里还有木头在燃烧，还可以在炉火两边摆放的椅子上坐下来，烤烤栗子、听听水壶的鸣叫，或者讲讲故事、看看画册什么的。那厨房真的很棒，就像医生本人一样，让人感到舒服、体贴、友好、可靠。

我们正狼吞虎咽地吃着，门突然开了，哒哒带头进来，小狗吉普也跟着进来。它们把床单、枕头从干净的地板上拖进来。医生看我一脸惊讶，解释说：“它们只是把我的被褥拿到火边烤烤，让它松软些。哒哒是个出色的管家，特别仔细。以前我有个姐姐帮我收拾房间。哦，可怜的姐姐萨拉！我已经很多年没见过她了，真想知道她怎么样了。不过，她干得还不如哒哒好。还要点香肠吗？”

医生转身对小狗和鸭子说了一些奇怪的话，打了几个古怪的手势，小狗和鸭子看起来很明白他要讲的意思。

“你会讲松鼠的语言么？”我问。

“哦，当然。松鼠的话很简单，”医生说，“你自己就可以学，一点儿也不难。不过你为什么这么问？”

“因为我家里有一只小松鼠，”我说，“我从老鹰的爪子下面把它救下来。但是它的两条腿都受了重伤，我很想你去看看它。可以的话，我明天带它来好吗？”

“哦，既然它的腿伤地很重，我想我最好今晚就去看看。时间太晚了可能做什么都没用了呢。我还是跟你回家一趟看看吧。”

过了一会儿，我们摸了摸衣服，我的衣服已经完全干了。我把它们拿到楼上的卧室换上，下楼的时候医生已经带着他的黑色小包在等我出发了，他包里装满了药和绷带。

“走吧，”他说，“雨已经停了。”

外面天色又亮了起来，傍晚的天空被夕阳染得通红，我们打开门走上街道，花园里画眉鸟正唱着婉转的歌。

第五章

波利尼西亚

“我觉得，您家是我拜访过的家庭里最有趣的了，”我们朝镇子走的时候我对医生说，“明天我还能来见您吗？”

“当然，”医生说，“哪天来都行，你想来就来。明天我带你参观我的花园和我的私家动物园。”

“喔，你有动物园？”我问。

“是啊，”他说，“大一点的动物没法呆在屋子里，我就把它们安顿在花园的动物园里了。不是很大的动物园，但自有它的乐趣所在。”

“和不同的动物说不同的语言，那感觉肯定棒极了，”我说，“您说我可不可以像您一样学会动物的语言呢？”

“哦，当然可以，”医生说，“熟能生巧啊。不过你必须要很有耐心才行。要是波利尼西亚给你启蒙就好了，我学习动物语言的第一课就是它上的。”

“波利尼西亚是谁？”我问他。

“它是我以前养的一只西非的鹦鹉，现在它不跟我在一起了。”医生伤心地说。

“为什么……它死了吗？”

“噢，不，没有，”医生说，“它还活着呢——但愿如此！只是我们抵达非洲以后，它看起来非常高兴回到自己的故乡，都激动地落泪了。等我不得不回家的时候，它也主动要求一起回来，但是我不忍心带它离开那片炙热的土地，所以我把它留在了非洲。啊，我真想念它！我们离开的时候它又哭了。不过我觉得我做的没错。它是我最亲密的朋友之一，是它最先鼓励我学习动物的语言并成为一名兽医的。我常常在想它在非洲过的好不好，什么时候能再见到它那张有趣又严肃的老脸。噢，亲爱的波利尼西亚！多么神奇的鸟啊。噢，噢！”

正在那时，我们听见身后有奔跑的声音，转过头一看，只见小狗吉普正以它最快的速度朝我们飞奔而来，看起来像有什么特别兴奋的事情。一跑到我们跟前，它就开始以一种特殊的方式对着医生又喊又叫。

医生听完后也激动万分，跟小狗又是说话又是做手势。最后，医生转向我，脸上洋溢着幸福的笑容。

“波利尼西亚回来了！”他喊道，“真想不到！吉普说它刚刚到家。天哪！我都五年没见到它了……请等我一下。”

他转身就要往家走。可是那只鹦鹉——波利尼西亚，已经飞到我们跟前。医生像刚得到新玩具的孩子一样，高兴地拍起手来。此时，一群麻雀也在马路上空盘旋飞翔，叽叽喳喳，接着又忽地飞到篱笆上，大概是因为看到一只灰红相间的非洲鹦鹉降落在英国的街头，感到十分震惊。

波利尼西亚飞过来，一落在医生肩头就立即跟他流利地交谈起来，说起一串我听不懂的语言。它好像有很多话要说。医生听得入神，完全把我啊松鼠啊吉普啊什么的抛到了脑后，什么都不记得了。好在最后波利尼西亚很认真地问起了我的事。

“哦，真对不起，斯塔宾斯！”医生说，“我在这听老朋友说话听得出神了。我们赶紧赶路去看看你的小松鼠吧。波利尼西亚，我来介绍一下，这是斯塔宾斯。”

鹦鹉蹲在医生肩头，礼貌地朝我点点头，然后用纯正的英语跟我说话，让我大吃一惊。

“你好！我还记得你出生的那个晚上，那天冷极了。你出生时是个丑丑的宝宝。”

“斯塔宾斯想学动物的语言呢，”医生说，“吉普跑来告诉我你回来的时候，我正在跟他说你，还有你给我讲过的课。”

“哦，”鹦鹉转向我说，“可以说是我教医生开始学习动物的，不过如果不是他先教会我，让我知道自己说出来的英文是什么意思的话，我也教不了他啊。你知道，很多鹦鹉都可以像人类一样说话，可是很少能明白自己在讲什么。它们只是讲出来而已……呃……因为它们觉得这样显得很聪明，或是因为它们一这样做就能得到好吃的饼干。”

这时我们已经转过弯朝我家走去，吉普在前面奔跑，波利还是停在医生肩头，一直跟我们闲聊，大部分都是关于非洲的事，不过出于礼貌，都用的英语。

“棒波王子怎么样了？”医生问。

“哦，还好你问起来，”波利尼西亚说，“差点忘了告诉你。你猜怎么着？棒波就在英国！”

“在英国？是真的吗！”医生叫起来，“他在这儿做什么？”

“他父亲——那位非洲国王，把他送到这里一个叫……呃……叫

‘羊津’的地方，我想是这个名字来着……去读书。”

“羊津！羊津！”医生嘀咕着，“我从没听过这地方。啊，你说的是‘牛津’吧。”

“没错，就是那地方——牛津，”波利尼西亚说，“我记得那里有些地方还有牛群，他去的就是牛津。”

“哦，天哪，”医生喃喃自语，“没想到棒波会到牛津读书，噢！”

“他走的时候乔丽金基可热闹了。他是那里第一个出国读书的人。可他怕的要死，不敢出来，他觉得会被白种食人族或其他什么吃掉。你知道那些黑人有多无知。噢！不过他父亲还是让他来。他父亲说如今非洲所有国家的国王都把儿子送到牛津读书，这是一种时尚，他也必须这样做。棒波想带上他的六位太太，但国王不允许。可怜的棒波含着眼泪离开家——王宫里每一个人都哭了。你绝对没见过那么混乱吵闹的场面。”

“他有没有再去找过睡美人啊？”医生问。

“哦，去了，”波利尼西亚说，“你走后第一天他就去了。不过这样也好，因为国王很快就知道他帮助你们逃跑的事情了，都快气炸了。”

“睡美人呢？他找到了吗？”

“噢，他带回来个人，据说就是睡美人。不过依我看，那不过是一位得了白化病的黑人小胡娘。她有着红色的头发，长着一双你从没见过的大脚。不过，棒波对她情有独钟，最后还跟她结婚了，婚宴摆了七天七夜。她成了棒波的太太，如今那里的人们都称呼她‘太子妃棒波’”

“那么，他脸上的白色保持了多久？”

“只保持了三个月左右，”鹦鹉说，“那之后，他的脸又渐渐变回原来的颜色。变回来更好，要不然白脸黑身子，一穿上浴袍就特别显眼，怪怪的。”

“那齐齐怎么样了？”医生跟我解释道，“齐齐是很多年前我养过的一只宠物猴，离开非洲的时候我把它也留在那儿了。”

“噢，”波利尼西亚说，“齐齐过得并不开心。过去几年我们常见面，它得了严重的思乡症，特别想念你啊花园啊房子啊。这听上去挺好笑，不过我也和它一样。你记得吗，我是多么想要回到那片古老的土地？非洲确实是一片神奇的土地，我不在意别人怎么看。啊，那时候我觉得我会在那儿度过最美好的时光。但不知为什么，没几个星期我就感到厌倦，无法安定下来。唉，长话短说吧：一天晚上，我终于下定决心要回来找你。于是，我找到齐齐，把我的想法告诉了他。它说它一点儿不怪我，还说它的想法和我一样。因为曾经和你一起生活过，非洲的日子就显得太过平淡，它怀念你给我们读的那些故事，怀念寒冷的冬天大家围坐在厨房壁炉边聊天的日子。非洲的动物对我们也非常友好，但那些可爱善良的动物似乎稍显愚蠢了点儿。齐齐说它也这样觉得。不过，我想不是它们变了，是我们不再是从前的我们了。我离开时，可怜的老齐齐崩溃了，哭的一塌糊涂，说它觉得自己唯一的朋友离开他了。可是你知道的，它在那里有很多亲戚。它说我有一对翅膀，可以自由地飞到想去的地方，而它却没办法和我一起，这不太公平。但我敢说，要是哪天它自己想办法跟过来了可一点儿都不奇怪——老齐齐可是个聪明的家伙。”

正说着话，我们已经走到我家了。我父亲的店铺已经关门了，百叶窗也拉上了。但母亲还站在门口望着街头。

“晚上好，斯塔宾斯太太，”医生说，“都是我不好，让您儿子回来晚了。我留他在家里吃了晚饭，顺便把衣服烘干。那一阵大雨把他都淋湿了，我也一样被淋地一塌糊涂。我们在暴雨里撞了个满怀，所以我坚持让他到我家避避雨。”

“我正担心他呢，”母亲说，“真是太感谢您啦，先生，谢谢您，把我儿子照顾地这么好，还送他回家。”

“不用客气，不用客气，”医生说，“我们聊的很开心。”

“不知是否有幸知道先生您尊姓大名？”母亲一边问一边盯着医生肩头的鹦鹉。

“哦，我是约翰·杜利特。我敢说您的丈夫肯定记得我。四年前他帮我做过特别好的鞋子。真的很好！”医生强调，一边又低头满意地看看脚上的鞋。

“医生来给我的小松鼠治病，妈妈，”我说，“他知道所有关于动物的事。”

“哦，不不，”医生说，“并不是什么都懂，斯塔宾斯，可不是什么都知道啊。”

“您大老远地来给他的宠物看病，真是太好了，”母亲说，“斯塔宾斯总是从树林和草地上带回来一些奇怪的动物。”

“是吗？”医生说，“也许以后他会成为一位博物学家，谁知道呢？”

“请进屋来，好吗？”母亲问道，“屋子里有点儿乱，因为我还没做完春季扫除。不过客厅壁炉里的火正旺呢。”

“谢谢！”医生说，“多么可爱的家啊！”

非常小心地在垫子上擦了擦他的大靴子后，这位了不起的人踏进了我的家门。

第六章

受伤的小松鼠

进屋后，我们看见我的父亲正在炉火边忙着练习长笛。这是他的习惯，每天晚上工作结束后都会吹上一会儿。

医生立即开始和父亲谈论起长笛、短笛、低音管等各种乐器。聊了一阵子后，我父亲说："先生，想来您也很会吹长笛吧，不如为我们演奏一曲?"

"喔，"医生说，"我已经太久没碰过这东西啦。但我可以试试，好吗?"

于是，医生从父亲手中接过长笛吹了起来，吹地真是太美妙了！母亲和父亲像雕像一样站在那儿一动不动地听着音乐，凝望着天花板，虔诚地仿佛置身教堂。连我这个除了口琴对音乐一窍不通的人也完全沉醉其中了——我感觉有一点忧伤、一丝微凉，甚至有些惶恐。那会儿真希望自己成为更好的孩子。

"噢，真是太美了!"医生吹完一曲，母亲惊叹道。

"先生，您是个伟大的音乐家，"父亲说，"真是太棒了！您还能为我们演奏些其他的吗?"

"当然可以啊，"医生说，"哦，不过您看，我差点忘记是来给小松鼠看病的了。"

"我带您去看它，"我说，"它在楼上我的房间。"

于是我领着医生爬上楼，指给他看躺在铺满稻草的包装箱里的小松鼠。

尽管我很努力地想让松鼠感觉像在自己家，但它似乎一直很害怕我。可是医生一进来它立刻就坐起来和医生亲热地交谈起来。医生也用松鼠的语言和它聊着，又抬起松鼠的腿做检查，不过那松鼠看起来并不害怕，反而很高兴。

医生让我举着蜡烛，他则用削笔刀把一根火柴棒削成他所谓的"夹板"，把松鼠的腿固定起来。

"它的腿很快就会好起来，"医生收拾起自己的包来，"两个星期内

不能让它乱跑，房间要注意通风，保持空气新鲜，晚上如果变凉了给它盖几片树叶。它跟我说它独自在这里觉得很孤独，也不知道太太和孩子怎么样了。我向它保证你是值得信任的人。我会派我花园里的一只松鼠去看看它家人怎么样了，然后来告诉它消息。无论如何，得让它保持心情愉快。松鼠是天性乐观的动物，也很活跃，躺着一动不能动对它们来说可太难受了。不过你不必担心，它会好起来的。”

给松鼠治疗过后，我们又回到客厅，父亲和母亲再次邀请他演奏长笛。就这样，他在我家一直待到十点以后。

尽管我父母打从见到医生的第一眼起就很喜欢他，而且他能为我们演奏也让我的家人感到十分骄傲(因为我们太穷了)。不过，那时他们还没有意识到这位医生后来成为了多么了不起的人物！当然，如今全世界人民都知道杜利特医生和他的著作了。现在，如果你们来到泥塘镇，到我父亲的那间小铺，就会看到铺子旧式的门墙上嵌着一块石头，上面刻着：“约翰·杜利特，著名的博物学家，一八三九年曾在此屋内演奏长笛。”

如今我还常常回忆起很多年前这个美妙的夜晚。当我闭上眼睛仔细回想，当时的画面仿佛就在眼前：一位小个子先生，身穿带后摆的外套，圆圆的脸盘和蔼可亲，正在炉火前纵情地演奏长笛；他的身边一边坐着我的母亲，一边坐着我的父亲，他们俩闭上眼睛，屏住呼吸，静静地欣赏；我和吉普蹲在医生脚边的垫子上，凝视着燃烧的木炭；波利尼西亚在医生破旧高帽边的斗篷上，脑袋时不时跟着优美的音乐左右摇晃。一切都清晰可见，仿佛近在咫尺。

而且，我还记得那天晚上，我和母亲目送医生离开，直到再也看不见他为止。回到客厅后，我们又聊起他来，直到夜深我才去睡觉，之前我从没那么晚睡过。整个晚上，我梦见的都是他和许多非常聪明的动物在演奏长笛短笛，敲锣打鼓。

第七章

海贝的语言

尽管头一天晚上很晚才睡，第二天我还是很早很早就起床了。当刚刚有麻雀在我阁楼外的小石板上唧唧喳喳地叫唤时，我就一骨碌从床上爬起来，胡乱地穿上了衣服。

我迫不及待地要回到那所带大花园的小房子，去看望医生和他的私家动物园。我生平第一次忘记有吃早餐这么回事儿，为了不吵醒父母，我踮着脚尖儿下楼打开前门，欢快地在跳到空旷安静的街道上。

我到了医生家门前，才猛地意识到这个点儿把谁叫醒都太早了，也不知道医生起来了没有。我朝花园里看了看，好像没有人。于是我悄悄打开花园的门，走了进去。

当我向左转走到一些篱笆夹道的小路上时，耳边响起一个声音："早啊！你起得可真早！"

我转身一看，原来是灰红羽毛的鹦鹉波利尼西亚，它正栖息在女贞篱笆木顶上。

"早上好，"我说，"我想是有点早，医生还在睡觉吧？"

"哦，不，"波利尼西亚说，"他已经起来有一个半钟头了。他肯定在屋子里某个地方，去找他吧，前门是开着的，推推就能进去。他很可能正在厨房做早餐，或是在书房工作。直接进去吧，我要在这等日出。不过，依我看这太阳是忘了升起来了。这里气候太糟了！要是在非洲，这会儿阳光早就普照大地了。看看那卷心菜上，还笼罩着雾气呢，简直看一眼就会得风湿病。这恶劣的天气太糟糕了！我真不知道英格兰怎么只有大雾永远也不散去！噢，别让我耽误了，快去找医生吧！"

"多谢，"我说，"我去找他了。"

一推开前门，我就闻见一阵煎炸培根的香气，于是沿着这香味去了厨房。一进厨房，就发现炉火上一大壶水已经烧开了，灶台上一个碟子里盛着鸡蛋和培根，我看培根都快烤焦了。我赶紧把碟子从火上移开，然后又走出厨房继续找医生。

最后，我在书房找到了医生。那时候我还不知道那有趣的房间就

是书房:房间里有望远镜、显微镜,还有各种我都不知道的奇奇怪怪的东西,可我真希望自己都认识。房间的墙壁上挂着各种动物、鱼以及罕见植物的图片,还有一些收集的鸟蛋和装在玻璃瓶里的海贝。

医生穿着他的长外套,站在主桌边。一开始我以为他是在洗脸呢:他前面放着一只装满水的方盆,把一只耳朵伸进水里,用左手捂住另一只耳朵。我进门后他就直起身来。

“早上好,斯塔宾斯,”他说,“今天会是美好的一天,你觉得呢?我正听尾弗瓦夫说话呢,可它真让人沮丧,太令人失望了!”

“为什么?”我说,“难道你发现它根本不会说话?”

“哦,那倒不是,”医生说,“它有自己的语言,可这种语言太低级——只有几个单词,像‘是’与‘否’、‘冷’与‘热’。它就只会说这些,太让人失望了。你看,它看上去确实和一般的鱼不太一样,我还以为它会对我帮助很大呢。唉,天哪!”

“我猜,”我说,“这也就是说,它自己也没意识到它的语言就只有那么三两个单词?”

“是的,我想是这样。很可能这就是它的生存方式。你知道的,如今它们是非常稀有的动物了。这些尾弗瓦夫很稀有也很孤独,它们独自遨游在最深的海底,所以我想它们确实不需要太多语言。”

“也许大一点儿的海贝能说的更多一点儿,”我说,“毕竟,它们太小了,不是吗?”

“是啊,”医生说,“的确如此。我毫无怀疑有些海贝语言丰富——我坚信这一点,但很难捉到最大的海贝。那种大海贝只有在深海里才能见到,它们也不经常游动,大部分时候都是在海底爬行,很少能用网捕捉。我真希望能有办法去海底,这样我就能多学一点儿它们的语言了。哦,我们都忘了吃早餐了。你吃早餐了么,斯塔宾斯?”

我告诉医生说我完全把吃饭的事儿给忘了,他就立刻带我去厨房吃早饭了。

“是的,”他边说话边把开水倒进茶壶,“如果有谁能想办法潜到海底,并在那里住上一阵子,他会发现一些奇妙的东西——那些普通人做梦也没想到的东西。”

“可确实有人潜到水底啊,不是吗?”我问,“像潜水员之类的人?”

“哦,是的,的确如此,”医生说,“潜水员潜入海里。这样说起来,我自己也穿着潜水服潜下去过。不过,天哪!他们能到的地方太浅了,根本到不了很深的地方。我想去的是最深的地方——几百米深的海底。好吧,我敢说我总有一天会做到的!来,再给你倒杯茶。”

第八章

做敏锐的观察者

就在那时，波利尼西亚飞了进来，用鸟语跟医生说了些什么。我当然听不懂，不过医生听完后立刻放下刀叉出门了。

“你看，真可恶，”医生一关上门，波利尼西亚就对我说，“航程一结束他就直接回家。动物们听说了以后，方圆百里之内生病的猫儿、长癣的兔子都来找他看病。现在后门口就站着一只又肥又大的野兔，带着它哇哇哭的宝宝，嘴里说着‘我能不能见见医生，拜托了！’它觉得要出什么大事儿了，我猜只不过是那小笨家伙又吃个不停，吃多了茄子什么的，也就这么点小事儿！这些动物一点都不为人着想，特别是那些当妈妈的。它们大老远地赶来，有时候正赶上医生吃饭的时间，有时候又大半夜地把医生吵醒。我不知道他怎么能忍受，反正我可受不了。可怜的医生根本没有一刻安宁！我告诉他很多次了，叫他规定一个专门的门诊时间给动物们看病，可是他太善良太体贴，只要动物确实有病，不管什么时间来，他从不拒绝，说是急症必须趁早治疗。”

“为什么那些动物不去找其他的医生看病？”

“哦，天啊！”鹦鹉惊叹，轻蔑地摇着脑袋，“为什么？因为根本别有其他的兽医，我是说真正意义上的兽医。哦，当然也确实有些叫做‘兽医’的人存在。但是，看在上帝的份上，他们都不够格。你看，他们都听不懂动物的语言，你能指望他们做什么？想想看，你自己或是你父亲去看病，医生却根本听不懂你说在什么，也无法用你的语言告诉你怎么做才能康复！切！那些兽医，太愚蠢了，你无法想象！把医生的培根放火上烤烤吧，好吗？好让他回来的时候吃口热的。”

“你觉得我能学会动物的语言吗？”我把盘子放在灶台上，问道。

“哦，这个不好说，”波利尼西亚说，“你功课好么？”

“我不知道，”我尴尬地回答，“你知道，我从没上过学，我父亲供不起我读书。”

“哦，”鹦鹉说，“看看那些上过学的孩子，我想你也没有错过太多。不过听着：你是一个细心的观察者吗？你擅长观察周围的事物吗？我是说，比如你看见苹果树上有两只八哥，你只是随意地看了一眼，第二天如果再看见它们，你能把两只区分开来么？”

“我不知道，”我说，“我没试过。”

“那好吧，”波利尼西亚用左边的爪子把桌上的碎屑拨掉，“这种能力被叫做‘观察力’，就是细心观察鸟类和动物的细节：它们走路的方式、摇头的样子、翅膀抖动的方式；它们怎样嗅空气，如何抽动腮须，怎样摆动尾巴等等。如果你想要学习动物的语言就必须观察这些细枝末节。你知道，大多说动物不是靠舌头说话，它们通过呼吸、尾巴或者脚来表情达意。这是因为，在很久很久以前，老虎狮子很常见，很多动物都害怕自己发出声音被这些猛兽听到。当然，鸟类是不在乎这一点的，它们有翅膀随时能飞。但这是你需要牢记的第一要务：学习动物语言，必须善于观察。”

“听起来真难。”我说。

“你必须有足够的耐心，”波利尼西亚说，“学会正确地说出几个单词都要花费很长时间。不过，如果你常来这儿，我可以给你上几堂课。一旦你开始学起来，你就会惊奇地发现自己进步神速。你要真能学会，倒真是件好事儿，因为那样你就能帮帮医生了，我是说帮他做些简单的工作，像是绑绷带、拿药片儿什么的。哈，没错，真是个好主意！要是医生能有个帮手就太好了，他就有时间休息休息。他忙成这样太不像话了！我看你肯定能帮大忙，绝对能，只要你是真的对动物感兴趣。”

“哦，我很感兴趣！”我大叫，“你说医生会让我帮忙吗？”

“当然，”波利尼西亚说，“只要你学会一些医护知识，我就跟医生说这事儿。嘘！我听见他回来了，快把培根端上桌。”

“你觉得我能学会动物的语言吗？”

我把盘子放在灶台上，

问道。

第九章

梦幻花园

吃完早餐，医生带我去参观他的私家花园。哇！那花园比小屋还有趣几百倍！在我见过的花园里面，这个花园最令人兴奋、让人惊叹！一开始，你根本不知道这花园到底有多大，好像总也走不到头。终于，你确信已经逛完了，可是透过篱笆，或是转个弯，又或者抬眼往楼梯上看看，你就又会发现出乎意料的新景致。

但凡花园里该有的，这里都有，它简直是应有尽有！辽阔的草地上立着石雕板凳，上面覆满青苔。草坪周围垂柳依依，柳条随风起舞，轻柔如羽毛，枝尖在天鹅绒一般的草地上轻轻拂过。古老的石板路两旁是紫杉木篱笆，高高大大、整整齐齐，把这条小路装扮地俨然古老小镇上窄窄的街道。篱笆上开了一些门廊，上面修饰着各种树雕，有花瓶、孔雀、半月形状等等，都是在生长中的树木上雕刻成的。花园里还有一个可爱的大理石池塘，池塘里有金色鲤鱼、蓝色睡莲和绿色大青蛙。在花园里，还有一个被高高的砖墙围起来的果菜园，里面种满了桃树，粉粉的、黄黄的桃子在阳光下的照耀下慢慢成熟。还有一株神奇的大橡树，树干上有一个大树洞，能容下四个人。花园里还有许多凉亭，有木头的，也有石头的，其中一个凉亭里堆满了书。花园一角，在岩石群和野蕨丛中有个露天的火炉，医生有兴致野餐的时候，就用它来煎炸些肝和培根之类的。那里还有睡觉的沙发，温暖的夏夜，夜莺歌喉最是优美动听，那时节医生常常在这里休息。沙发是带轮子的，可以自由挪动，不管夜莺在哪棵树上唱歌，医生都可以轻松地移动到那棵树下。不过，花园里最吸引我的是一间小小的树屋，它高高地坐落在一株大榆树的树梢，需要从一根长长的梯绳爬上去。医生告诉我说，他在这间树屋里用望远镜观赏月亮和星星。

这座花园值得你花上数天的时间游览和发掘，你总有新发现，就算绕回到来过的景点也十分愉快。我第一次来这座花园就被深深吸引了，真希望自己永远住在里面。因为那座围墙里的一切都带来快乐，令生活充满喜悦，让心灵平和宁静。这是一座梦幻花园。

我一进花园就留意到一件奇特的事：花园里有很多鸟，每棵树上好像都有两三个鸟巢。花园里还有成堆成群的其他野生动物，它们就像在自己家一样自在。鼬鼠、乌龟及睡鼠随处可见，一点儿也不怕生。不同颜色、大小各异的蟾蜍在草坪上蹦蹦跳跳，好像整片草地都是它们的一样。绿色的蜥蜴（在泥塘镇很罕见的一种）静静地坐在石头上晒太阳，对我们眨巴着眼睛。花园里连蛇也能看到。

就在这时，我看到一条巨大的黑蛇从我们前面的小径蜿蜒爬过，吓了我一跳。

“不用害怕，”医生说，“这些家伙没有毒，它们帮忙除掉花园里的害虫。有时候，我会在夜晚给它们演奏长笛，它们很喜欢，用尾巴立着站起来，能保持很久。它们喜欢音乐，这很有趣吧。”

“为什么这些动物都跑到这里来生活呢？”我问，“我从没见过哪个花园有这么多动物。”

“噢，我猜是因为它们在这儿找到了各自喜欢的食物，而且这里没人打扰。当然，还因为它们都认识我。我想它们都觉得一旦它们自己或是孩子生了病，住在医生的花园是最方便的了。看哪！那只羽扇豆上的麻雀，就是正对着下面画眉鸟吵的那只。哦，多年来它每年夏天都会从伦敦飞来。乡村里的麻雀老是嘲笑它，说它鸣叫的时候一股伦敦腔。它是一只有趣的鸟，它很勇敢，但也很冒失。它最爱争论，可每到最后又用粗鲁的言语攻击。它确实是一只城里来的鸟，住在伦敦圣保罗大教堂周围，我们喊它‘齐普赛’。”

“这些鸟都是从周围的乡村过来的？”我问。

“大部分是，”医生说，“但有少数鸟每年都来一趟，一般都从英国以外远道而来。比如，那个在金鱼草上空盘旋的英俊的家伙，它是只红玉喉北蜂鸟，从没过来。严格来说，它一点儿都不适宜这里的气候，这边太冷了，晚上我都让它睡在厨房。每年八月份，大概最后一个星期，都会有只紫天堂鸟千里迢迢地从巴西赶来看望我。它可漂亮了！不过它现在还没来。还有一些其他的鸟儿，大多数是从非洲飞来的外国鸟儿，整个夏天期间，陆陆续续飞来看我。不过，过来，我带你去看看动物园吧。”

第十章

私家动物园

我以为我已经饱览了花园各处的风光，再没有什么可看的了。可是，医生挽着我的手，领我沿一条蜿蜒曲折的羊肠小道走下去，我们沿着小道拐了很多个弯以后，来到一座高高的石头墙前面，墙上有扇小门，医生走过去推开了门。

石头墙里面是另一个花园。我本以为里面肯定有很多关着动物的笼子，但事实上我连一个笼子都没看见。花园里四散分布着一些小石屋，每间石屋都有一个窗户和一扇门。我们走进的时候，很多动物就打开门朝我们跑过来，很显然是想找我们要吃的。

“这些门都不用锁吗？”我问医生。

“哦，是啊，”他说，“每扇门都有一把锁，不过在我的动物园里，门不是外面开的，而是从里面开的，这样，动物们可以按照自己的意愿把门锁上，免得被其他动物打扰，还能躲开到这儿来的人。动物们是因为喜欢这里才住在这儿的，没人强迫。”

“它们看上去很开心，也很干净，”我说，“你能告诉我它们的名字吗？”

“当然！听好了：那个后背长甲的滑稽家伙，正用鼻子拱着砖头的那个，是只南美穿山甲；旁边和它说话的小家伙是加拿大土拨鼠。它们都住在墙角的洞里，你看得到的；正在池塘里嬉闹的两只小动物是一对俄罗斯貂。对了，这倒提醒我了，我得在下午之前去镇上给它们弄点儿青鱼；那边刚走出房门的是羚羊，一种南非小羚羊。接下来我们到灌木丛另一边看看吧，我给你介绍更多动物。”

“那边的是鹿吗？”我问。

“鹿？”医生说，“你说的是哪边？”

“那边，”我指着一个方向说，“正在花坛边吃草的动物，有两只呢！”

“噢，那个啊，”医生笑着说，“那不是两只动物，那是一只长了两个头的动物，世界上独一无二的双头兽，叫做‘推我拉你’。我从非洲把它带来的，它很温顺，是我动物园的守夜者。它每次只让一个脑袋睡觉，另一个脑袋一整夜都醒着，你说是不是很方便啊？”

“有狮子和老虎吗?”我们一路走着,我便问他。

“没有,”他说,“这里不适合它们,即使可以我也不想让它们住在这儿。依我的做法,我不会把任何一只狮子或老虎囚禁在世界上任何一个地方。它们永远都不会喜欢这种生活,永远都不开心,更无法安定下来。它们总在怀念千里之外的故乡,你能从它们的眼里看到它们心中的梦想,它们梦想回到出生的地方,回到广阔的草原,回到深邃幽暗的森林。在那里,它们的母亲第一次教会它们如何靠嗅觉跟踪鹿。它们要是到了这里能得到什么呢?”医生停下脚步,越说越生气,变得面红耳赤,“拿什么代替非洲那壮丽的日出、那穿过棕榈的微风、那交错的虬枝藤蔓下的绿荫,拿什么替代沙漠里月朗星稀的夜空? 拿什么交换辛苦狩猎一整天后,任由瀑布冲洗疲惫的满足? 你告诉我,拿什么来代替这些? 哇哦,看看它们得到了什么:光秃秃的笼子、冷冰冰的铁栓,每天一次扔进笼子的脏兮兮的肉块,还有一群傻乎乎来观看它们的蠢人,只会张着惊讶的大嘴。噢不,斯塔宾斯,狮子和老虎都是狩猎大王,不应该出现在动物园里,绝不应该!”

医生看上去深色凝重,甚至有点悲伤。但一瞬间,他又重新变得乐观起来,脸上浮现了熟悉的笑容,他挽起我的手臂,说:“啊,我们还没去看蝴蝶屋,还有水族馆。跟我来吧,我很为我的蝴蝶屋自豪呢。”

我们再往前走,不一会儿就来到一个篱笆围场。在这里,我看到几座宽敞的小屋,用上好的铁丝网编制而成,看起来像笼子。网内各种花卉在阳光下争奇斗艳,蝴蝶在花丛中翩然起舞。医生指着一个小网屋的尽头,那里立着一排带洞的小盒子。

“那些是孵化盒,”他说,“我把不同的毛毛虫放进去,它们破茧而出变成美丽的蝴蝶,就可以飞到小花园里觅食啦。”

“蝴蝶也有自己的语言吗?”我问。

“哦,我想它们是有的,”医生说,“甲壳虫也有,不过到目前为止我还没有学会太多昆虫的语言,最近我一直忙着学习海贝的语言。不过,我是打算学习昆虫的语言。”

就在那时,波利尼西亚飞过来对医生说:“医生,后门来了两只豚鼠,说它们共从饲养它们的男孩儿那里跑出来,因为它们总吃不到该吃的东西。它们想问问你是否可以收留它们。”

“没问题,”医生说,“领它们到动物园吧,给它们安排左边靠门口的屋子,就是以前黑狐住过的那间。告诉它们这里的规矩,再给它们准备一顿丰富的午餐。斯塔宾斯,我们现在去水族馆看看吧。我得先给你看看我那个盛满海水的大玻璃缸,里面养着海贝。”

第十一章

启蒙老师波利尼西亚

你肯定知道那次参观以后没几天，我就又去看望我的新朋友了。事实上，我几乎成天从早到晚地待在他的屋子里。我母亲有天晚上开玩笑地说，我为什么不干脆把床也搬过去和医生一起住。

没过多久我觉得我已经成为医生的得力助手了，我帮他喂养宠物，帮着在动物园里盖个新房、修修篱笆，协助他给上门的动物看病，干各种琐碎的活儿。尽管我自己非常享受（的确像生活在一个崭新的世界里），不过我相信要是我不经常去了，医生也会想念我的。

这段时间，不管我去哪儿，波利尼西亚一直跟在我身边，教我学习鸟类的语言，告诉我怎么弄明白动物手语的含义。刚开始我觉得自己肯定学不会，因为真的很难。但是老鹦鹉对我非常有耐心，看得出来，有时候它极力克制住不发脾气。

很快，我开始能听懂鸟儿们有趣的闲聊，也能明白小狗滑稽的动作是什么意思了。我勤加练习，躺在床上时我会留意听听墙根后面的老鼠在讲什么，我也会仔细观察房顶的猫和泥塘镇集市里的鸽子。

快乐的日子总是过得飞快，一个星期、一个月，日子就这样过去了。不知不觉，医生花园里的玫瑰花凋谢了，绿草坪上铺满了凋落的花瓣和黄色的叶片儿。夏天已经接近尾声。

一天，我和波利尼西亚正在图书馆聊天。这是间长长的屋子，里面有个大大的壁炉，四面墙从天花板到地面全是整面墙的书架，书架上摆满各类图书：故事书、园艺书、医学书、旅行书等等数不胜数。这些书我都很喜欢，尤其喜欢医生的大地图集，里面收藏了世界各地不同国家、地区的地图。

这天下午，波利尼西亚正在给我看约翰·杜利特自己写的关于动物的书。

“天哪！”我说，“医生的藏书太多了，房间四面墙都摆满了！真不敢相信！上帝啊！要是会读书多好啊，肯定很有趣！你会读书吗，波利尼西亚？”

“只会一点点，”它说，“翻页的时候小心点，别把书撕坏了。其实我没太多时间读书。这个字母是 K，这个是 B。”

“这幅画下面的单词是什么意思?”我问。

“我看看,”它说着,并尝试着把单词拼出来,“B—A—B—O—O—N,猴子的意思。一旦学会了字母,读书也不像看起来那么难。”

“波利尼西亚,”我说,“我想问你一个很重要的问题。”

“什么问题,孩子,”它一边说,一边梳理右边翅膀的羽毛。波利尼西亚总是以一种居高临下的态度和我说话,不过我一点儿也不在意。毕竟,它都快 200 岁了,我才 10 岁。

“听我说,”我说,“我妈妈觉得我不该总到这里吃饭。我想问问你:假如我帮医生做更多的事,我为什么不能搬来和医生一起生活呢?你瞧,我不想像普通的园丁一样在这里领取酬劳,我想通过自己的劳动,在这有床睡、有饭吃。你觉得行不行?”

“你是说你想成为医生正式的助手,对不对?”

“是的,我就是这样想的,”我回答说,“你自己也说过我会对他很有帮助的。”

“喔,”它思考了一会,然后说,“我没觉得有什么不可以的。不过你长大了真的想当一名博物学家吗?”

“是的,”我说,“我已经下定决心。以后我只做博物学家,其他什么也不愿意做。”

“哇哦,那么好吧,我们去跟医生说说这事,”波利尼西亚说,“他在隔壁书房。轻点开门,他可能正在工作,不想被打扰。”

我轻轻地推开房门,朝里面瞄了瞄,一眼就看见一只巨大的黑色寻物猎犬坐在壁炉前的毯子中央,正竖着耳朵听医生读一封信。

“医生在干什么?”我悄悄地问波利尼西亚。

“哦,这狗的主人给它写了封信,它拿来让医生读给它听。就是这样。它的女主人是一位可爱的小女孩,名叫明妮·多莉,扎着马尾辫,住在镇子的另一头。她和哥哥去海边度假了。这两个孩子一走,这只老猎犬心都碎了。所以孩子们就给它写信。信是用英文写的,老猎犬当然看不懂,所以拿着来找医生翻译成狗语。我想明妮的信里肯定说她就快回来了,看这狗的兴奋劲儿就知道。你就继续瞧着吧!”

果然,那只猎犬突然变得兴高采烈。医生读完信,那只老狗开始大声地汪汪叫,高兴地摇着尾巴在书房里活蹦乱跳。它把信叼在嘴里,哼哼唧唧,自言自语地跑了出去。

“它要去车站了,”波利尼西亚偷偷地说,“这狗对这些孩子的感情超出了我的理解。你该见见明妮!没有谁比她走起路来更趾高气扬的了,她还有点儿斜视呢。”

第十二章

我的好主意

没过一会儿，医生抬头看见我们站在门口。

“噢，快进来，斯塔宾斯，”他说，“有什么话要和我说吗？坐下说吧。”

“医生，”我说，“长大了我想当个博物学家——就像您一样。”

“噢，是吗，你真的这么想？”医生低声说，“哦，很好！没听你说过啊！天哪，你有没有……呃……和你父亲或是母亲说过呢？”

“不，还没有呢，”我说，“我想请您去和我的父母说，这样会更好。如果您愿意，我想成为您的帮手，我是说您的助手。昨天晚上，我妈妈说我老是来这里吃饭不合适。从那时开始，我思考了很久这个问题。我能不能和您定个协议，比如我为您工作，您为我提供食宿？”

“亲爱的斯塔宾斯，”医生听完后大笑着说，“一年到头、一日三餐你都只管来吃，我非常欢迎。我很高兴你能来，你确实帮助我做了很多工作，我常常想着应该给你一些报酬才对。不过，你说的协议是经过深思熟虑的吗？”

“是的，”我说，“我想也许您可以去见见我父母，告诉他们如果他们同意让我和您一起生活和工作，您可以教我读书写字。你知道我父母一直很希望我能读书。而且，想成为一名博物学家，不会读书写字也是不行的啊，对不对？”

“喔，这个我也不太懂，”医生说，“我承认会读书写字是件好事。不过你知道吗，博物学家也各有不同。比如说，现在人们谈论的焦点人物查尔斯·达尔文，是剑桥大学毕业的，他的读写能力非常厉害。居维叶曾是个家庭教师。不过听我说，博物学家中最伟大的那位甚至都不会写自己的名字，甚至连 ABC 都不认识。”

“那是谁？”我问。

“他是个神秘的人，”医生说，“非常神秘，他名叫长箭，金箭的儿子，是红种印第安人。”

“你见过他吗？”我问。

“不，”医生说，“我从没见过他，没有任何白种人见过他。我想就是达尔文先生也不知道有这个人的存在。他几乎天天和动物们以及不同的印第安部落生活在一起——通常在秘鲁的深山里。他从不在一个地方长住,总是从一个部落到另一个部落,像一位印第安流浪者。”

“如果你从没见过他,怎么会知道他这么多事儿?”我问。

“是紫色天堂鸟告诉我的,”医生说,“它说他是一位非常出色的博物学家。上次它来的时候我请它帮我带封信给长箭。我希望哪天紫天堂鸟会再来,我迫不及待地想知道长箭给我回了什么信。那还是八月最后一周的事儿了,希望它路上没遇见什么状况。”

“那为什么动物们和鸟儿生病了都来找你?”我说,“长箭那么厉害,它们为什么不去找他看病?”

“也许我的医疗手段更先进点吧,”医生说,“不过,从紫天堂鸟说的来看,长箭的博物学知识肯定是非常广博的。他的专长是植物学,他对草木丛林了如指掌。他也懂很多鸟和动物的知识,特别是蜜蜂和甲壳虫。现在,斯塔宾斯,告诉我,你是否确定自己真的想当一名博物学家?”

“是的,”我说,“我决心已定。”

“哦,你知道,这可不是个好挣钱的职业,事实上,靠这职业很难挣到钱。大多数博物学家都不挣钱,只是不停花钱,买蝴蝶网,买装鸟蛋什么的容器等等。我当了很多年的博物学家,也就最近才开始凭借写的书挣到一点点钱。”

“我不在乎钱,”我说,“我想成为一名博物学家。下周四您能不能来我家吃晚饭?那样,借吃饭的机会您就可以和我父母谈谈这事儿了。我已经告诉他们我来征求您的意见。您瞧,其实我还有另一个想法:如果我和您一起生活,成为您家庭的一员,帮助您做各种事务,那么下次您出海的时候,我就可以和您一起去?”

“喔,我知道了,”他笑着说,“你想跟我一起出航,是不是?哈哈哈。”

“我想参与您所有的航行,有人帮您拿拿蝴蝶网、笔记本什么的,您就轻松多了,对吧?”

医生坐在那儿思考了很久,手指不停敲打着桌面。我在一旁忐忑不安地等着,想知道他会怎么说。

终于,他耸耸肩膀站起身来说:“好吧,斯塔宾斯,下周四我会去和你父母谈谈这事儿……噢……试试看吧。带个口信给你父母,就说我很感谢他们的邀请,好吗?”

于是,我像一阵风一样跑回家,告诉母亲说医生答应来家里吃饭。

第十三章

旅行者归来

第二天，喝完下午茶，我正坐在医生花园的围墙上，和哒哒聊天。我现在跟着波利尼西亚学了很多，和大多数鸟及动物交谈已经没有太大的困难了。我发现哒哒虽然不如波利尼西亚那样聪明有趣，但它非常友好、充满母爱。到现在为止，它已经给医生当了很多年的管家了。

哦，说到那天傍晚，我和哒哒正坐在墙头说着话，奥格尔索普路的景色尽收眼底。哒哒在给我讲医生在非洲的冒险经历，是很久以前它和医生一起去航行时所经历的。

突然，我听见远处传来奇怪的喧闹声，像从街道尽头传来，听起来像是很多人的欢呼声。我站起来，向那个方向望过去，想看看发生了什么事儿。不一会儿，街道拐角处出现了一大群学生，正追着一个衣衫褴褛、相貌奇特的女子。

“这到底是在干什么啊?”哒哒喊道。

孩子们不停地大笑大叫。可是他们追着的那位女子才是最奇特的:她手臂很长，肩膀是我见过最弯曲的，头上歪歪地戴着顶草帽，帽子上还插着罂粟花。她的裙子太长了，像礼服长裙，裙摆拖在地上。因为宽阔的帽子边沿遮住了她的眼睛，我看不清她的样貌。但当她越走越近的时候，孩子的笑声也跟着越来越大，我注意到她手臂的颜色很黑，长满了毛，像巫婆的手。

突然之间，身边的哒哒大声尖叫起来:“不会吧，是齐齐！齐齐总算回来了！这些孩子竟敢取笑它！我得教训教训他们，让他们笑个够!”

说着它飞下墙头，冲向街道，径直朝孩子们飞去，怪声怪气地对着他们嘎嘎叫，用嘴啄他们的脚丫和腿。那些孩子吓得四下逃窜，以最快的速度转身向镇子跑去。

带着草帽、长相奇怪的人站在那里望着孩子们跑远。过了一会儿，她拖着疲惫的身躯朝门口走去，她没有去打开门闩，而是直接从门上爬过去，好像门是什么挡道的东西一样。后来我注意到，它是用脚趾头勾住门栓爬上去的，就是四肢并用地翻了过来。不过直到我瞥见它的脸，

不一会儿，

街道拐角处出现了一大群学生，

正追着一个衣衫褴褛、相貌奇特的女子。

我才相信这确实是一只猴子。

齐齐在门顶上看见我，皱着眉头盯着我看，好像觉得我也会像那些孩子一样嘲笑它。接着它跳到花园里，立马开始脱衣服。它把草帽扯成几片，丢到马路上。紧接着又把紧身的女士上衣和裙子脱掉，还站上去狠狠踩了几脚，然后还在前花园里追着他们踢了一通。

不一会儿，我听见屋子里传来尖叫声，原来是波利尼西亚飞出来了，医生和吉普跟在后面。

“齐齐！齐齐！”鹦鹉大叫，“你终于来了！我总跟医生说你肯定会想办法回来的，你到底怎么做到的？”

他们都围着它，握着它的手，开心地大笑，一下子问了一大堆问题。然后他们一起回到屋子里。

“斯塔宾斯，”医生转过来吩咐我说，“快到我卧室去，在衣橱左手边的小抽屉里找一包花生来。我一直留着，以防它某一天出其不意地突然回来。等等，问问哒哒还有没有香蕉。齐齐说它已经两个月没吃到一根香蕉了。”

等我下来再到厨房，发现大家都在聚精会神地听齐齐讲述它从非洲到这里来的旅途故事。

第十四章

齐齐的旅程

自从波利尼西亚离开非洲后，齐齐对医生和泥塘镇小屋子的思念更重。最后他下定决心要想尽千方百计追随波利尼西亚，回到泥塘镇。一天，它走到海边，看见很多人，有黑人也有白人，正准备登上一艘开往英国的船。它也想上船，但被拦了下来，赶下了船。不一会儿，它留意到有一大家子有趣的人正在登船，其中一个女孩让它想起了它喜欢过的一位表妹。然后它暗自想："那女孩看起来就像猴子，那么猴子看来也像个女孩儿。如果我能弄到女孩儿的衣服穿上，也许可以混在这一家人当中上船，人们会以为我是个女孩儿呢！好主意！"

于是它跑到距离最近的小镇上，碰见一扇开着的窗户就钻了进去。它见一把椅子上放着一条裙子和一件紧身上衣，衣服的主人是一位时髦的黑人女性，那会儿正在洗澡。齐齐把这些衣服穿在身上，然后回到海滩，混在拥挤的人群里成功溜上了那艘大船。上船以后，它觉得自己还是藏起来比较好，以免有人靠太近认出它是猴子。从非洲到英国这一路上，它一直躲着，只有在晚上才出来找点吃的。

抵达英国后，它准备下船的时候，水手发现它只不过是一只穿了女孩儿衣服的猴子。他们想要把它留下当宠物饲养，还好它成功逃脱。一上岸，它就一头扎进人群，逃之夭夭了。但是从海岸到泥塘镇还有很长的距离，基本上要横穿整个英国。

这是一段艰苦的旅程。它每经过一个城镇，所有的孩子都会成群结队地追赶它，嘲笑它。有时候一些愚蠢的人还抓它，害得它不得不随时爬上灯柱或是烟囱，以逃避他们的追捕。晚上，它通常都睡在沟渠、谷仓或其他可以藏身的地方。它从篱笆上摘野浆果、在小树林里找玉米粒填饱肚子。历经千山万水，它终于看到了泥塘镇教堂，它知道，总算是快到了。

齐齐讲完故事后，一口气吃了六根香蕉，还喝了一大碗牛奶。

"天哪！"他说，"为什么我没有翅膀呢，如果像波利尼西亚一样，就能飞过来了。你不知道我有多么讨厌那帽子和裙子，简直一辈子都没这么难受过。从布里斯多到这里，一路上那顶破帽子要么从头顶上掉下来，要么被树枝挂着。那条该死的裙子不停地让我摔跤，弄得破破烂烂。为什么女人要穿着这样的衣服？上帝啊，今天早上我翻过贝拉米家的农场，看到老泥塘镇的时候，真是太高兴了！”

“已经为你铺好床啦，还是在炊具存放室的餐具架顶上，”医生说，“我们一直没动它，以备你随时回来。”

“是啊，”哒哒说，“你可以拿医生的便服当毯子，像过去那样，免得晚上冷。”

“谢谢，”齐齐说，“又回到这所老房子感觉太好了。所有的东西都和离开时一样——除了门后滚筒上干净的毛巾，那可是条新毛巾。啊，我想我得去睡觉了，我需要睡眠。”

于是我们都从厨房出来陪它到炊具存放室，看它爬上餐具架——就像水手爬上桅杆一样。在架顶，它卷起身体，把医生的旧便服搭在身上，立刻就安宁地睡熟了。

“亲爱的老齐齐！”医生自言自语，“真高兴它回来了。”

“是啊，亲爱的老齐齐！”哒哒和波利尼西亚附和着。

我们蹑手蹑脚离开房间，小心地关上房门。

第十五章

我成了医生的助手

周四终于到了，我们一家人都十分兴奋，母亲早就问过我医生喜欢吃什么菜，我告诉她有红烧排骨、甜菜根片儿、油炸面包、虾还有糖浆馅饼。今天晚上，她把这些医生爱吃的菜都做了，这会儿饭菜已经上桌，就着等医生大驾光临了。母亲紧张地绕着屋子转，看所有的东西是否都干净整洁。

终于，响起了一阵敲门声。我理所当然地第一个冲过去为他开门，请他进来。

这回医生带来了自己的长笛。晚餐结束后(他吃的非常开心)母亲把桌子收拾干净，要洗的碗碟放在厨房等第二天再收拾。接着，医生和父亲开始合奏长笛。

他们太陶醉了，我甚至开始担心他们会把我的事儿给忘了。还好，医生终于说到了我："您的儿子告诉我他很想当一名博物学家。"

这是一次漫长的谈话，一直持续到深夜。一开始我父母都反对我的提议。这是他们一贯的态度，认为我只是一时的孩子气，很快就会厌烦。不过，医生跟他们探讨了这件事的方方面面，之后，他对我父亲说："那么现在，我提议，斯塔宾斯先生，让您儿子跟我干两年，也就是直到他满十二岁。这两年的时间里，他会明白自己是否会对成为博物学家感到厌倦。另一方面，我答应你们，在这期间我会教他读书写字，也许还能教一点儿算数。你们觉得怎么样?"

"我不知道，"父亲摇着头说，"医生，您真是太好了，您提的条件非常慷慨。但我觉得汤米应该学习做生意，这样以后才能养活自己。"

接着母亲开口说话了。尽管想到我这么小就要离开家她眼泪都快掉下来了，但是她还是跟父亲说，这是我学习知识的好机会。

"雅各布，"她说，"你看现在镇上很多孩子都去法文学校上学了，一直要上到十四五岁。汤米可以花两年时间学习也不错，如果他能学会读书写字，这两年的时间也不算荒废。上帝啊，"她拿出手帕抽泣着说，"他离开后，家里肯定空荡荡的。"

“我会让他回来看您的，斯塔宾斯太太，”医生说，“您喜欢的话，他每天都可以回来，毕竟距离并不是太远。”

就这样，父亲终于点头答应了，大家达成协议，两年里我食宿在医生家，为他工作。而作为交换，医生叫我读书写字。

“当然了，”医生补充道，“我有钱的话也会给汤米买新衣服的。不过我的收入不太稳定，有时候有，有时候没有。”

“您太好了，医生，”母亲擦干眼泪，“我想汤米是个非常幸运的孩子。”

接着，我又不假思索，带着私心地在医生耳朵边说：“请别忘了说说航行的事儿。”

“噢，顺便问一下，”约翰·杜利特说，“偶尔我的工作需要外出旅行，如果航行时带上你们的儿子，你们不会有意见吧？”

听了这个突然而来的新讯息，可怜的母亲猛地抬起头，感到无比难过和担心。这时我站在医生椅子背后，激动地心跳不已，紧张地等着母亲的答复。

“是的，”父亲想了想慢慢地说，“如果我们同意了刚才的协议，我想我们没理由反对。”

哇，那一刻，我成为世界上最幸福的小男孩！我的心飞到了九霄云外，乐地飘飘然，忍不住在客厅跳起舞来。我的人生梦想终于起航了！我终于有机会去冒险，去寻找属于自己的未来！我心里很清楚，医生已经开始酝酿新的旅行啦。波利尼西亚已经告诉过我，医生在家里待不过六个月，所以两周内，他必定就要出发了。而我——汤米·斯塔宾斯，就要和他一起远航了！想想看吧：我将穿越海洋，踏上异国土地，漫游全世界！

第二部分

第一章

“杓鹬号”上的船员

从那以后，我在镇上的地位和以前就大不相同了。我不再只是穷修鞋匠的儿子。和带着金项圈的吉普一起走在主干道上时，我抬头挺胸，甚至有点趾高气扬。势利的小男孩过去瞧不起我，因为我父亲没钱供我上学，可如今他们指着我对他们的朋友窃窃私语：“看到他了么？他才十岁，就已经是医生助理了！”

要是他们知道我能和狗自由地相互交流，他们估计更要大吃一惊！

医生到我们家吃晚饭之后，过了两天，医生很伤感地告诉我说，就目前的情况来看，他恐怕要暂时放弃学习海贝的语言了。

“我很沮丧，斯塔宾斯，非常丧气。我已经试过蚌类、蛤蜊、牡蛎、海螺、海扇、扇贝，七种不同的蟹类和龙虾家族。我想现在我得暂时放一放，过段时间再说。”

“那您接下来准备做什么？”我问。

“哦，我更想去航行，斯塔宾斯。我已经很长时间没有出海了，外面一定有很多有趣的事等着我。”

“我们什么时候出发？”我说。

“喔，我想先等紫天堂鸟回来。我得看看长箭有没有给我回什么口信。它迟了，本来十天前就该到了，但愿它一路上平安。”

“好吧，我们是不是该先准备一艘船？”我说，“最近它肯定会来。出发之前还有很多要准备的东西，对吧？”

“是的，没错，”医生说，“或许我们可以去见见你的朋友乔，那个拾贝人对船比较了解。”

“我也想去。”吉普说。

“没问题，一起去吧，”医生说。于是，我们就一起出发了。

乔说他刚刚买了一艘新船，但需要三个人驾驶。我们告诉他不管怎样想先看看船再说。

于是，拾贝人带着我们顺流而下地走了一小段路，指着一艘大船给我们看。那艘船叫做“杓鹬号”，非常整洁、漂亮。乔说他可以便宜一点卖给我们，但问题是这船必须三个人开，而我们只有两个人。

“我肯定会带上齐齐，”医生说，“它动作敏捷又聪明，不过还是不像人一样强壮有力。我们是得再找一个人才能驾驭这么大的船。”

“我倒知道一个好水手，医生，”乔说，“一流的水手，他肯定愿意加入。”

“不用了，谢谢，乔，”杜利特医生说，“我不想要什么水手。我没钱雇佣他们，而且航行的时候这些水手总喜欢指挥你这样干那样干，总希望别人都按照他们所谓‘正确’的方式行事，但我想按自己的方式来。让我想想，我们能邀请谁和我们同行呢？”

“马修·马格怎么样，那个卖猫食的人？”我说。

“不，他不行。马修是个好伙伴，但话太多了，还总是唠叨他的风湿病。选择和什么样的人一起出海可要特别挑剔才行。”

“隐士卢克怎么样呢？”我问。

“这主意不错，如果他愿意的话就太棒了。我们立刻去找他吧。”

第二章

隐 士 卢 克

之前我已经交代过，隐士是我们的一位老朋友。他是个特别的人，离群索居，住在沼泽地的一间简陋小棚屋里，和他作伴的只有他的斑纹老虎犬。没有人知道他从哪里来，更没人知道他的真实姓名，镇上的人们都称他“隐士卢克”。他从不到镇上来，也从不见他去看望谁或是和谁交谈。有人靠近他的小棚屋时，他的狗鲍勃就会把他们赶走。如果你想问问镇上的人卢克是谁、为什么要独自住在那么偏远的地方，得到的唯一回答就是：“哦，隐士卢克？啊，他是个神秘的人。没人知道那个秘密，但肯定有。别靠近他，他会放狗咬你的。”

尽管如此，镇上还是有两个人经常跑到沼泽地的小棚屋去，那就是医生和我。鲍勃，那只老虎犬听到是我们来了从来不叫唤。因为我们喜欢卢克，卢克也喜欢我们。

这天下午，我们穿过沼泽时，寒风从东边扑面而来。当我们到小棚屋的时候吉普竖起耳朵说：“奇怪了！”

“奇怪什么？”医生问。

“鲍勃没出来接我们。它应该早就听见我们的声音，或是闻见我们的气味了。那奇怪的声音是什么？”

“我听着像门吱吱作响，”医生说，“也许是卢克的门在响，在这看不见他家门，这离小棚屋还有点远。”

“希望鲍勃没有生病，”吉普说。它还试着吠叫了一声，想看看能不能把鲍勃叫过来。但它听到的回应只有从这宽广咸湿的沼泽地呼啸而过的风声。

我们三个百思不解，脚下也加快了步伐。

走到小棚屋时，我们发现门是开着的，被风吹地来回摆动，发出吱吱呀呀的声响，我们朝里望了望，发现没人在。

“这么说，卢克不在家？”我说，“也许他出去散步了。”

“他总是在家的，”医生眉头紧锁，“而且，就算他出去散步，也不会把门敞开，任它被风刮，这事有点不对劲儿。你在干什么，吉普？”

“没什么，还没什么可说的，”吉普非常仔细地检查小棚屋的地板。

“过来，吉普，”医生严厉地说，“你在对我隐瞒。你已经知道什么了，或是猜到什么了吧。发生什么了？告诉我，卢克呢？”

“我不知道，”吉普负疚而不安地说，“我不知道他在哪儿。”

“喔，你知道一些事儿，我能从你眼里看出来。你知道什么？”

吉普没有回答。

紧接着的十分钟里，医生一直在不断地询问吉普，但吉普一个字也不肯说。

“好吧，”最后医生说，“我们站在冷风里吹也没用。卢克走了，就这么回事儿。我们也该回家吃午饭了。”

我们扣好外套，开始穿过沼泽往回走，吉普跑在前面假装在找河鼠。

“它已经知道什么了，”医生嘀咕着说，“而且我想它也知道发生什么事了。奇怪的是，它不想告诉我。它以前从没这样，十一年来从不这样，它告诉我每一件事。奇怪，太奇怪了！”

“你是说它知道关于隐士的一切，包括传言中的秘密？”

“它都知道也不奇怪，”医生缓缓地说，“我注意到，在我们发现门开着又没人的时候，它的表情和嗅地板的样子，那地面已经给它传递了一些讯息。它看到了我们看不到的信号。我想知道它为什么不告诉我，我会再问问看。到这儿来，吉普！吉普！那只狗呢？我以为它在前头呢。”

“我也以为，”我说，“几分钟前它还在，刚刚我还看见的。吉普——吉普——吉普——吉普！”

它走了，我们反复呼唤，甚至还回到小棚屋找它，但都不见踪影。

“哦，天哪，”我说，“很可能它赶在我们之前回家了。它经常这样，你知道的。我们回到家会发现它已经到家了。”

但医生只是把大衣领拎了拎好抵御寒风，然后一边大步流星地往前走，一边喃喃地说：“古怪，太古怪了！”

第三章

吉普的秘密

我们到家后，一进大厅医生就问哒哒："吉普回来没?"

"没有，"哒哒说，"没见它回来。"

"它一回来就告诉我，好吗?"医生边摘帽子边说。

"我会的，"哒哒说，"快去洗手，午饭已经上桌了。"

我们刚坐下来准备吃午饭，就听见前门一阵闹腾，我跑去开门，吉普跳了进来。

"医生，"它喊道，"快到书房来，我有事告诉你！ 哒哒，午饭得推后。抓紧时间，医生，刻不容缓。除了你和汤米，别让任何动物跟来。"

我们走进图书馆把门关起来了，它才说，"用钥匙把门锁上，确保没人在窗户外面偷听。"

"没问题了，"医生说，"在这儿没人能听见你说什么，现在，告诉我怎么回事儿!"

"喔，医生，"吉普说(它因为奔跑而喘着粗气)，"我知道隐士的所有秘密，知道很多年了，但我没法告诉你。"

"为什么?"医生问。

"因为我发过誓，不告诉任何人。这些都是他的狗鲍勃告诉我的，我向鲍勃保证过会保守秘密。"

"好吧，那么现在你打算告诉我了吗?"

"是的，"吉普说，"我得救他。在沼泽那边的时候，我离开你们，跟踪鲍勃的气味找到了它。我跟它说'没关系'，我说'现在我可以告诉医生了吗? 也许他能帮上忙'，鲍勃答应了，还说'好吧，因为——'。"

"喔，天啊，快点说，快点!"医生叫道，"告诉我们隐士有什么秘密，而不是你跟鲍勃说了些什么，或者它跟你说过什么。发生什么事了?隐士在哪里?"

"他在泥塘镇监狱，"吉普说，"他坐牢了。"

"监狱!"

"是的。"

“为什么？他干什么了？”

吉普跑到门口，用鼻子闻闻门边，看有没有谁在外面偷听。接着它回到医生身边悄声细语地说：“他杀了一个人！”

“上帝保佑！”医生一屁股坐在椅子上，掏出手绢擦拭着额头，“什么时候的事？”

“15年前，在莫斯科的一个金矿。从那以后他就隐姓埋名，他刮了胡须，远离人群居住在沼泽地带，这样才不会被人认出来。可是，上周镇上来了几个新警察，他们听说有个怪人独自住在沼泽地的小棚屋里，觉得很可疑。多年以来，警察一直在全世界范围内追捕15年前犯下莫斯科金矿杀人案的罪犯。于是，这些警察去了小棚屋，他们从卢克手臂上的痣认出他就是那个杀人犯，并把他带回了监狱。”

“喔，天哪！”医生低声说，“谁能想到呢？卢克，那个哲学家杀了人！难以相信！”

“不幸的是，这是真的，”吉普说，“卢克确实杀了人，但不是他的错。鲍勃是这样说的，它当时就在现场，目睹了全过程，那时候它还是一只小狗。鲍勃说当时卢克没有选择，不得不这么做。”

“鲍勃现在在哪儿？”医生问。

“监狱下面呢。我想叫它跟我一起回来见你，但它不肯离开，因为卢克在里面。它就一动不动守在牢房门外，也不吃别人送来的食物。您能不能去那儿看看，医生，看看有什么能做的吗？今天下午两点就要开庭审讯了，现在几点？”

“1点10分。”

“鲍勃说它觉得如果警察找到证据证明卢克杀了人，一定会处死他，或者让他在监狱过完下半生。您能帮忙吗？也许可以和法官大人说说，告诉他卢克是个好人，然后让他放了他。”

“我当然会去，”医生站起来朝外走，“不过我很担心帮不了什么忙。”他走到门口，似乎想到了什么而踌躇不前。

“而且，呃……我想……”

他打开门，我和吉普紧跟着他出了门，接着他又用脚后跟带上门。

第四章

鲍　　勃

哒哒见我们顾不上吃午饭又要走，很担心，就往我们口袋里装了些猪肉馅饼，让我们在路上吃。

我们来到泥塘镇法院（它就在监狱旁边）时，办公楼已经被人群围的水泄不通。

那时正逢巡回法院周——巡回法院每三个月开庭审理一次，由从伦敦远道而来的大法官对小偷和其他坏蛋进行审讯。泥塘镇里没有重要事务的人通常会赶来听这场审讯。

但今天不同，来听审的并不只是些无所事事的闲人，这里简直人满为患。原来，消息早就在镇子上不胫而走，大家都知道隐士卢克因为杀了一个人而要接受审判，长久以来环绕在他身上的谜团终于也要解开。为了赶来听这场审讯，屠夫和烘焙师特意关了店门，给自己放假；四周的农夫和镇上的居民纷纷盛装出席，他们想方设法在法庭上占个座位，要是没有座位就在厅外窃窃私语，传播各种流言蜚语。主干道上的人群接踵摩肩，很难移动脚步。我从没见过这座古老安静的城镇这么热闹过！因为自从1799年雷克托的儿子费迪南德·菲普斯抢劫银行案件审判以来，泥塘镇就没有举行过这么重大的审讯活动。

要不是和医生一块儿，我无论如何也挤不到被人群堵着的法院门口。一路上我紧紧跟在医生后面，拽着他衣服的后摆，终于安全地到了监狱。

“我想见卢克，”医生对站在监狱门口的大个子说。那人穿着蓝色大衣，衣服上有黄铜纽扣。

“到警长办公室申请，”那人说，“走廊里左手第三间。”

“跟你说话的人是谁，医生？”我们穿过走廊时我问道。

“他是个警察。”

“警察是干什么的？”

“警察？他们维护秩序。罗伯特·皮尔勋爵创建了警察，所以有时也称他们为‘皮尔人’。世界如此精彩，创新层出不穷啊！我猜这间应该是警长办公室了。”

在那儿，警长又派了另一名警察把我们带到卢克住的牢房。

在牢房门外，我们见到了鲍勃——那只老虎犬。它看见我们的时候忧伤地摇了摇尾巴。给我们带路的人从口袋里拿出一大串钥匙，打开了门。

我从没到过真正的牢房。那个警察打开牢房的门后就走了出去，跟着又把牢房门从外面锁上，把我们关在这间光线昏暗的小石屋里，那一刻我感到一阵战栗。他离开前对我们说，等我们和卢克谈完话可以敲敲门，他会来开门让我们出去。

牢房里太暗了，刚开始我什么也看不见。但过了一会儿，我就能辨认出墙上有个带栅栏的小窗户，窗户下挨着墙的地方有一张床。隐士卢克就坐在床上，双手撑着脑袋，眼睛盯着两脚之间的地板。

“噢，卢克，”医生用温和的声音说，“他们把这弄得太暗了，是不是？”

隐士很缓慢地把视野从地板上移开，抬起头。

“你好，约翰·杜利特。你怎么来了？”

“我来看看你。我几分钟之前才知道这件事，不然我一定早就来了。我去你的小棚屋找你，想问问你愿不愿意和我一起出海航行。到了那里发现屋子是空的，也不见你人影。后来才听说你的不幸遭遇，我很遗憾。我过来看看能不能帮上什么忙。”

卢克摇了摇头。

“不用了，我想不出还能做什么。他们抓住了我，我想一切已成定局。”

他僵硬地从床上站起身，在小屋子走来走去。

“从某种程度上来说，我很高兴事情就要结束了。”他说，“这些年以来我从未得到片刻的安宁，总觉得他们会追来，也从不敢和谁说起。他们迟早会抓住我的。是啊，真高兴一切就要结束了。”

后来，医生和卢克交谈了将近一个半小时，希望他能够振作起来。我坐在一旁想着自己应该说些什么、做些什么。

最后，医生说它想见见鲍勃，我们敲了敲门，警察过来把我们放了出去。

“鲍勃，”医生对走廊里的大老虎犬说，“跟我到大厅去，我有事要问你。”

隐士卢克就坐在床上，
双手撑着脑袋，
眼睛盯着两脚之间的地板。

“他怎么样了，医生?”鲍勃跟我们穿过走廊向法院门厅走去，它边走边问。

“喔，卢克很好。当然，他很悲伤，不过总算还好。那么告诉我，鲍勃，你看到事情的经过了对不对？那个人被杀的时候你在现场，对吧?”

“是的，医生”鲍勃说，“我告诉你——”

“等一下，”医生打断它，“这就是我现在想知道的所有了。现在没时间知道更多，审讯马上要开始了，法官和律师正在上楼。鲍勃，现在听清楚：我走进法庭房间的时候希望你和我站在一起。我让你做什么就做什么。明白吗？别捣乱，不要咬人，不管别人怎么说卢克，只要安静地站着，诚实地回答我问你的所有问题。你明白了吗?”

“非常明白。但是医生，你认为你能把他救出来吗?”鲍勃问，“医生，他是个好人，真的，没有比他更好的人了。”

“试试看吧，试试吧，鲍勃。我以前从没做过这事儿，我不敢肯定法官一定会准许。不过，哦，我们得试试看。该进法庭了，不要忘记我跟你说的话。记住：看在上帝的份上，千万不要咬任何人，否则我们都得被赶出来，你会把一切都搞砸。”

第五章

门 朵 扎

法庭内部装饰精美，庄严肃穆，宽敞高大，靠墙而立的是法官桌，法官早已落座。法官是一位相貌堂堂的长者，头戴一顶灰白色的法官帽，身披黑色长袍。在他的座位下方，是另一张又长又宽的桌子，头戴白色假发的律师坐在那。这景象让我觉得这里既像教堂又像学校。

“坐在边上的十二个人，”医生低声说，“坐在长凳上像唱诗班的人，他们就是所谓的陪审团，他们会决定卢克是否有罪，判定他到底是不是真的犯了法。”

“喔，瞧啊！”我说，“卢克在那儿，在那个像讲道台的地方，两侧都站着警察。看，屋子另一边也有一个讲道台，不过还没有人坐。”

“那叫证人席，”医生说，“现在我要去找个头戴白色假发的人谈谈，你要坐在这里，看着我们的座位。鲍勃和你待在一起，注意看着点儿它，最好抓紧它的项圈。我很快回来。”

医生说完便消失在大厅拥挤的人群中。

接着，我看见法官拿起一个滑稽的小木槌，在他的桌子上敲了一下。看起来这样做是为了让大家安静下来，因为锤子一落，每个人都立即停止讲话和窃窃私语，专心致志地仔细听起来。接着，另一位穿着黑袍的人站起来，手里拿着一张纸，照着读了起来。

他读的含糊不清，好像是自己在做祈祷，并没想让大家听清楚他说些什么。但我还是努力抓住了一些零星的单词：

“嗯……嗯……或者称作隐士卢克，关于……嗯……因谋杀同事……嗯……或称为蓝胡子比尔，事件发生在……嗯……墨西哥的一个晚上。因此，根据女王陛下的……嗯……”

我正努力地听着，突然觉得有人从后面拽我的胳膊。我转身一看，是医生回来了，还带了一位戴白色假发的人。

“斯塔宾斯，这是珀西·詹金斯先生，”医生说，“他是卢克的律师，替卢克洗脱罪名是他的职责，如果他可以的话。”

詹金斯先生看来非常年轻，脸圆圆的，皮肤光滑，像个小男孩儿。

他和我握了握手后立即又和医生交谈起来。

“哦，这主意太好了，”他说着，“这狗是唯一的目击证人，当然应该被允许作为证人出庭。你能来我真是太高兴了，否则我肯定会忽略这位重要的证人。啊哈！这肯定会让这个古老的法庭产生轰动。巡回审讯向来循规蹈矩，今天一只老虎犬为被告出庭作证，肯定会让所有人大吃一惊！我真希望今天的记者来得越多越好，哦，那边就有一位正在为嫌疑犯画像。我肯定会因为这件案子声名鹊起的，到那时你说康齐高兴得起来么？啊哈！”他用手捂着嘴忍住坏笑，眼睛里迸发出得意的笑意。

“康齐是谁？”我问医生。

“嘘！他说的就是坐在那里的大法官，尊贵的尤斯塔斯·比彻姆·康齐。”

“现在，”詹金斯先生拿出一个笔记本说，“告诉我更多一点关于你自己的事吧，医生。我想你告诉过我，你是在达拉谟拿到了药学博士。你最后一本书的书名是？”

他们说话声音太小，我听不清楚，于是，转而继续关注法庭里的情况。

虽然庭审是非常有趣的事，但当时我还不能完全弄明白。只见不断有人站上医生所谓的“证人席”，坐在长桌那边的律师会问他们问题，关于“二十九日晚上”的问题。回答完律师的问题，他们就离开“证人席”，然后又有其他证人站上去回答律师的问题。

其中有一位律师（后来医生告诉我他是原告律师）竭尽所能地找隐士的麻烦，通过问刁钻的问题让所有人觉得卢克一直以来都是个大坏蛋。他是个令人讨厌的律师，长着个长鼻子。

大部分时间，我的目光都无法离开可怜的卢克。他坐在两个警察中间，眼睛只盯着地板，好像这次的审讯和他无关。我留意到只有一个小个子黑人走上证人席时，他才提起了一点注意力。那个黑黑的男人眼睛很小、眼神邪恶，他出庭的时候，卢克眼里充满了愤怒和不屑，蹲在椅子下的鲍勃也发出咆哮声。

这个黑人说他叫门朵扎，蓝胡子比尔被杀后，是他带着莫斯科警察到案发现场的。他说话的时候，我能听见鲍勃在椅子下面咬牙切齿地低吼：“撒谎！他在撒谎！我要咬烂他的脸。他是个骗子！”

医生和我费了好大的劲儿才把这只狗按在椅子下面。

这时，我发现詹金斯先生已经不在医生身边。但随即，我就看见他在长桌上对法官说："尊敬的法官阁下，请允许我请上一位新的辩护证人——约翰·杜利特医生，他是一名博物学家。医生，请你走上证人席可以吗？"

医生走上证人席时，法庭里发出一片嗡嗡的惊奇声。我注意到那个讨厌的长鼻子律师斜着身子和他的一位朋友窃窃私语，他们笑得很阴险，我真想冲上去揍他两拳。

接下来，詹金斯先生问了医生一些关于他个人情况的问题，并请医生大声的回答，以便法庭里的人都能听清楚。最后他说："杜利特医生，你是否能发誓，你可以听得懂狗的话，也能让狗听懂你的话？"

"是的，"医生说，"我发誓。"

"等一下，我想问问，"法官用平静而威严的声音插话进来，"这和杀死……呃……蓝胡子比尔的案件有关系吗？"

"是的，法官阁下，"詹金斯先生十分有礼貌地说，仿佛他正在舞台上演出一样，"现在法庭里有一只老虎犬，它是唯一目睹了案发全过程的目击证人。我请求法庭同意让这只狗出庭作证，让这位博物学家约翰·杜利特医生询问它。"

第六章

出席庭审的狗

刚开始，法庭里一片死寂。接着，人们突然开始耳语和窃笑，直到整个法庭变得像个蜜蜂窝一样。很多人都是一脸震惊的表情，有些人觉得好笑，有些人觉得愤怒。突然，那个讨厌的长鼻子律师跳起来说话。

“我反对！法官阁下，”他朝法官大力地挥舞着胳膊叫道，“我反对，这有损法庭的威严，我反对！”

“我会对法庭的威严负责。”法官说。

接着詹金斯先生再次起来。如果这不是件如此严肃的事，法庭上的场面还真像木偶戏一样：一会儿有人站了起来，一会又坐了下去。

“如果对于我建议的方式存有疑义，那么不如请医生在法庭上向我们证明他确实有听懂动物语言的能力，我想法官阁下不会反对吧？”

大法官坐在位子上沉思了片刻，我想我看见他眼里闪过一些饶有兴趣的光芒。

“是的，”最后法官说，“我同意。”

“你确定你做得到吗？”他问。

“非常确信，法官阁下，”医生说，“非常。”

“那么，”法官说，“如果你真的能够证明自己可以听懂狗的证词，我会允许这只狗出庭作证。如果真是那样，我想不出有什么反对的理由。但我警告你，如果你想在法庭之上开玩笑，我会叫你好看。”

“我反对，我抗议！”长鼻子的原告律师跳起来大喊，“这是丑闻，是对法庭赤裸裸的侮辱。”

“坐下！”法官严厉地说。

“法官阁下，您希望我同什么动物交谈？”医生问。

“我希望你和我的狗交谈，”法官说，“它就在外面的休息室里，我会叫人把它带进来，到时就看你的了。”

接着法官叫人去把他的狗带了进来。那是一只可爱的俄罗斯狼狗，它的四只脚又长又细，毛发蓬松浓密，非常优雅漂亮。

“现在，医生，”法官说，“你以前见过这只狗吗？记住你正站在证人席上，你发过誓，不能说谎。”

“法官阁下，我以前从未见过它。”

“很好，请你问问它昨天晚餐我吃的是什么，昨天我吃晚饭时它在一旁看着。”

接着医生和狗通过一些动作和声音开始互相交谈，它们交流了很长时间。医生还咯咯地笑了起来，似乎和那只狗相谈甚欢，好像忘了是在法庭之上。

“他在浪费时间！”我听见坐在前面的一个胖女人低声说.

“他在演戏，他肯定听不懂狗说的话！谁能听懂一只狗在讲什么呢？他把我们当小孩子骗呢。”

“你问完了吗？”法官问医生，“只不过问问我晚饭吃了什么，不需要花这么长时间吧。”

“哦，不，法官阁下，”医生说，“狗早就已经告诉我您晚饭吃了什么。说完这之后，它又接着跟我说您吃完晚饭做了些什么。”

“那不重要，”法官说，“现在告诉我它告诉你的答案。”

“它说您昨天晚餐吃了一块羊排、两个烤土豆、一颗核桃，还喝了一杯啤酒。”

话音一落，这位令人尊敬的尤斯塔斯・比彻姆・康齐法官嘴唇都白了。

“这简直像魔法一样，”他喃喃自语着，“我不是在做梦吧……”

医生又接着说：“它还说您吃完晚饭后，去看了一场拳击比赛，还熬夜玩纸牌赌钱，直到十二点才一路唱着歌回家，唱的是……”

“够了够了，”法官打断他，“我想你说的够多了。我允许疑犯的狗出庭作证。”

“我抗议，我反对！”原告律师喊起来，“法官阁下，这……”

“坐下，”法官吼道，“我说这狗可以作证，无需争议。把证人带上庭。”

于是，英国历史上第一次，在神圣女王的巡回法庭上，一只狗出席庭审并坐上了证人席。而且正是我——汤米・斯塔宾斯，带着鲍勃昂首阔步穿过过道（杜利特朝我做了个手势叫我行动），在人们惊异的目光中，经过皱着眉头、气急败坏的长鼻子律师身边，把它舒服地放在证人席的高椅子上。老虎犬鲍勃蹲在那里，瞧着目瞪口呆的陪审团成员，一脸严肃的样子。

第七章

水落石出

那之后，庭审进展迅速。詹金斯先生让医生问鲍勃“二十九日晚上”它看到了些什么。鲍勃说过后，医生再把它的话翻译成英语，让法官和陪审团能听懂。以下就是鲍勃的陈述：

“那是一八二四年十一月二十九日晚上。我和我的主人卢克·菲茨章（或者称作‘隐士卢克’）待在一起，他正跟他的两个搭档——曼纽尔·门朵扎和威廉姆·博格斯（或称他为‘蓝胡子比尔’）一起在莫斯科金矿里。这三个人一起找金矿已经很长一段时间了，他们在地上挖了一个很深的洞。二十九日早上，他们在这个洞的底部发现了大量金矿，他们三个人，包括我的主人，都非常高兴，因为这意味着他们要发财了。但这时，曼纽尔·门朵扎喊上威廉姆·博格斯一起去散步。我一直怀疑这两个人不是好人，所以当我留意到他们单独撇下我的主人走开时，我就悄悄地跟在他们后面，想看看他们究竟要干什么。在一个深深的山洞里，我听见他们正谋划杀死卢克，因为他们想霸占所有的金子。”

听到这里，法官问道：“证人门朵扎呢？警官，看看他有没有溜出法庭。”

但那个邪恶的小个子黑人早就趁人不注意溜走了。从那以后，他再也没在泥塘镇出现过。

“然后，”鲍勃继续说，“我跑去找我的主人，很努力地想让他明白他的搭档是两个危险人物。但无济于事，他听不懂我说的。于是我做了另一件事：我不再让他离开我的视线，不管白天黑夜我都守在他身边。

“后来，那个洞越挖越深，以至于要下去的话，不得不在绳子上拴个篮子，把人吊下去再拉上来。三个人就是通过这种方式把这个人拉上来，再把另一个放下去。开采的金子也是用篮子运上来的。噢，大概晚上七点左右，我主人正站在矿上，把坐在篮子里的蓝胡子比尔往上拉。就在他把蓝胡子拉到一半高度的时候，我看见门朵扎从我们住的小屋里走了出来。他以为蓝胡子比尔去杂货店买东西了，但他没有，他正待在矿下的篮子里。门朵扎看见卢克正往上拽绳子，以为我主人正在往上拉一大筐金子。于是他从口袋里掏出一把手枪，蹑手蹑脚走到卢克身后准备对他开枪。

“我汪汪大叫，警告我的主人有危险，但他正费劲儿地把蓝胡子往上拽（蓝胡子是个大胖子），根本没注意到我。我知道我要再不做点什么，他可能就要被杀死了。所以我做了从没做过的事儿：突然从后面冲上去咬主人的腿。卢克又疼又惊，如我所料，他双手立刻松开绳子转过身来。接着，只听‘嘭’的一声！拉比尔的篮子坠落到矿底，比尔摔死了。

“我的主人忙着责备我时，门朵扎把手枪收进了口袋，脸上带着笑容朝矿底望去。

‘天哪！’他对卢克说，‘你杀了蓝胡子比尔，我必须马上去报警。’你应该知道，他就这么说的，卢克如果坐牢了，矿里的金子就都是他的了。说着他就跳上马背，疾驰而去。

“很快我的主人开始害怕起来，因为他觉得只要门朵扎跟警察撒一点儿谎，就会让事情看起来像是他蓄意杀死了比尔。所以，门朵扎离开后，他就带着我偷偷逃到了英国。在这里，主人剃掉了胡须，成为一名隐士。整整十五年了，我们一直过着隐居的生活。这就是我要说的，我发誓句句属实。”

当医生翻译完鲍勃长长的发言，陪审团的十二个人都十分激动，其中一位头发花白的老人，当他想到卢克蒙受冤屈整整十五年，而他无所作为时竟然大声哭泣起来。其他陪审团成员也坐在座位上低声议论，并频频点头。

就在这时，那个可恶的原告律师又一次站了起来，比之前更用力地挥舞着手臂。

“法官阁下，”他大叫，“我反对，这证词有失公正。这狗当然不会说不利于主人的供词。我反对，我抗议。”

“哦，那么，”法官说，“你有反复盘问的自由，证明证词有误是原告律师的职责。狗就在那里，你可以自行提问。”

我以为长鼻子律师一定会大发雷霆，结果他看了看鲍勃，再看看医生，接着又看了看法官，最后转回头看着证人席上对他怒目而视的狗，他张开嘴想说什么，可什么也没说出来。他又挥了挥手臂，脸蛋越来越红，最后，他手扶着额头，无力地瘫倒在椅子上，不得不靠两个朋友帮忙才把他扶出法庭。就在被搀扶着出门的一刻，他嘴里还在微弱地咕哝着：“我抗议……我反对！”

第八章

大声欢呼

接下来，法官面向陪审团做了一段很长的发言，发言结束后，陪审团的十二个人都站起来走进另一间房间。这时，医生也带着鲍勃坐回我身边。

“陪审团的人到另一件屋子里干什么？”我问。

“庭审结束前他们都要这样做，是为了做出疑犯是否有罪的裁定。”

“你和鲍勃不能跟他们一起进去，帮助他们做出正确的裁定吗？”我问。

“不行，法庭不允许那样做。他们必须秘密地进行讨论，有时候会花费很长时间。哦，天哪，快看，他们已经出来了！他们这么快就做出裁定了！”

所有人都保持肃静，等待着十二个陪审团成员回到长桌前。接着，他们中的领导人——一个小个子男人站起来面朝法官。所有人都屏住呼吸，特别是医生和我，都等着听他将说出什么。整个法庭，甚至可以说整个泥塘镇都安静地连一根针落地的声音都能听见，大家伸长了脖子、竖起了耳朵，等着这句有分量的话！

“法官阁下，”小个子男人说，“陪审团裁决疑犯罪行不成立！”

“这话什么意思？”我转头问医生。

但我看到约翰·杜利特医生，有名的博物学家，正站在椅子上，像个学生一样扬起一条腿跳舞。

“就是说他自由啦！”他喊着，“卢克无罪！”

“那他可以和我们一起去航行了，对不对？”

我听不见他的回答，因为整个法庭里的人都和医生一样，站到椅子上跳起舞来。人群一下子沸腾起来，所有的人都大笑着大叫着和卢克挥手致意，告诉他听到他无罪的消息大家是多么高兴。大厅里响起了震耳欲聋的欢呼声。

不过，突然之间，欢呼声戛然而止，大家又安静下来，充满敬意地看着法官离开法庭。就这样，轰动一时的卢克案件结束了审判。至今，人们还对这场审讯津津乐道呢。

在目送法官离席的肃静中，突然爆发出一声尖叫——站在门边的一

于是，

英国历史上第一次，

在神圣女王的巡回法庭上，

一只狗出席庭审并坐上了证人席。

位女士，伸开双臂一把抱住了隐士，哭着说：“卢克！我终于找到你了！”

“那是他太太，”我前面的那位胖女人小声说，“她都十五年没见到卢克了，可怜的人儿！多么温馨的团圆场面啊！真庆幸我今天来了，我可不愿意错过任何细节！”

法官一离开，法庭里又喧闹起来，人们都围着卢克和他太太，和他们握手，向他们表示祝贺，所有人都在欢笑叫嚷。

“走吧，斯塔宾斯，”医生拉着我的胳膊说，“趁还走得动赶紧出去吧。”

“你不要去问问卢克吗？”我说，“问他愿不愿意和我们出海？”

“这无关紧要，”医生说，“他太太来了，他们十五年没见面，我想他没理由丢下她跟我们出海的。走吧，回家喝个下午茶，你不记得了，我们连午饭都没吃呢。今天的胜利值得我们大吃一顿啊，就来个混合餐——午餐加下午茶，来点豆瓣菜和火腿怎么样，换换口味嘛。走吧。”

正当我们准备从侧门出去的时候，我听见人群里有人大叫：“医生！医生！医生在哪儿呢？要不是医生，隐士恐怕就要被绞死啦。演讲！演讲！医生！”

一个男人跑到我们面前说：“人们正在呼唤您呢，先生。”

“抱歉，”医生说，“我赶时间。”

“您可不能拒绝大家啊，先生”那人说，“他们希望您在广场上演讲呢。”

“请大家原谅，”医生说，“十分感谢大家，可我家里有个十分重要的约会，我不能不去。让卢克做个演讲吧。走吧，斯塔宾斯，从这儿走。”

“哦，天啊！”他咕哝着的时候我们已经出了门。一出门却发现侧门边还有一群人在那等着他，“我们走那条道，左边的，快快快！跑吧！”

我们迈开大步朝前跑，穿过几条小巷子，好不容易甩掉了人群。

我们一直跑到奥格尔索普路上，才敢放慢脚步，边走边喘口气。直到我们到了医生家门口，回头望望通往镇上的街道，仿佛还能听见很多嘟嘟哝哝的声音回荡在晚风中。

我说：“听啊，他们还在呼唤您呢！”

那些咕哝声突然合成一阵呼喊从远处传来，即使隔着一英里半的距离，仍然能够清楚地听到呼喊的内容，

“为隐士卢克欢呼——万岁！为他的狗欢呼——万岁！为他的太太欢呼——万岁！为医生欢呼——万岁！万岁！万岁！”

第九章

紫天堂鸟

波利尼西亚已经在前廊等着我们了，看起来，它好像有什么重大消息。

“医生，”她说，“紫天堂鸟到了！”

“它终于到了！”医生说，“我已经开始担心它是不是发生什么意外了，米兰达怎么样？”

医生非常激动，手忙脚乱地拿着钥匙开门。看样子，我想我们的下午茶一时半会儿也吃不上了。

“哦，它回来的时候看起来不错，”波利尼西亚说，“长途劳顿有点疲惫，除此之外一切都好。但你知道发生什么了吗？那只就会捣乱的麻雀——齐普赛！米兰达一进花园就被它惹怒了。我赶过来的时候它正在抹眼泪，还改变了主意要今天晚上就直接回巴西去。我费了九牛二虎之力才说服它留下来等你回家，现在它正在书房。我把齐普赛关进了你一个书橱里，并且告诉它等你一回来就把它干的好事告诉你。”

医生皱起眉头，脚步轻快地走到书房。

此时，天色已晚，书房里已经点上了蜡烛。哒哒在一个玻璃柜面的书橱前站起了岗，书橱里关着齐普赛。我们进门以后，那只唠叨的小麻雀还在玻璃后面愤怒地扑扇着翅膀。

在大桌中央，墨台上栖息着一只漂亮的鸟——是我见过最漂亮的鸟！它的胸脯是深深的紫罗兰色，两只翅膀猩红夺目，长长的金色尾巴像扫把一样拖在身后。它美得不可思议，但看起来的确很累，这会儿头正埋在翅膀里休息，身子在墨台上轻柔地东摇西晃，看起来就像一只飞行了很长时间、很远距离的鸟。

“嘘！”哒哒说，“米兰达睡着了，我把这小恶魔齐普赛带进来了。听着，医生：看在上帝的份上，在它还没有造成更多麻烦之前，让它赶紧离开这儿吧，它就是个粗俗的小讨厌鬼。我们花了很长时间才让米兰达留下。要我把下午茶端过来吗，还是您等会儿去厨房吃？”

“我们去厨房吃，哒哒，”医生说，“你走之前让齐普赛离开。”

哒哒打开书橱门，齐普赛露出一副趾高气扬的样子，努力地让自己看起来没有负疚感。

“齐普赛，”医生严厉地说，“米兰达回来的时候你对它说了些什么？”

“我什么也没说，医生，我的确什么也没说。我是说，没说什么过分的话。当时我正在捡碎石路上的面包屑，它神气地飞进花园，鼻孔朝天四下无人地张望，好像整个世界都是它的一样，它不就是有一身绚丽的羽毛嘛，伦敦的麻雀也不比它差啊！我可受不了这种艳俗得意的外国鸟！它怎么不在自己的国土上好好待着？”

“你说什么让它生气的话了？”

“我只是说‘你不属于这个英国花园，你该待在女士制帽商的橱窗里’，就这些。”

“你应该为自己的行为感到羞愧，齐普赛。你不知道这只鸟为了见我一面不远千里而来吗？结果刚在花园落脚就被你的无理之言羞辱一番？你为什么要这么做？要是我今晚回来之前它就离开的话，我是永远都不能原谅你的！你离开这屋子吧。”

齐普赛胆怯地，但仍然假装毫不在乎的样子飞出了走廊。哒哒把门关了起来。

医生走到站在墨台上的鸟儿身边，轻柔地抚摸了一下它的背，鸟儿立即从翅膀里探出脑袋。

第十章

金箭之子长箭

“喔，米兰达，”医生说，“很抱歉发生这么不愉快的事，你不要介意齐普赛说的话，它不懂事。它就是一只城市里的鸟，一生为了生存而斗争。你就大人有大量吧，它真的没什么见识。”

米兰达疲倦地伸展了一下它那华丽的翅膀，我看到它已经醒了，并随意地动了动。我已经留意到它不仅外表美丽，而且举止优雅。它眼里噙着泪水，嘴巴委屈地颤抖。

“本来我也不会这么在意的，”它用银铃一般的声音说着，“但我实在是筋疲力尽了，当然还有其他一些事情困扰着我。”它细声细气地补充道。

“这次旅程很艰辛吗？”医生问。

“从没这么艰辛过，”米兰达说，“天气太糟糕了。喔，算了，还说这些干吗？不管怎样，我总算飞回来了。”

“告诉我，”医生急切地问出了他早就想问的问题：“你给长箭带口信了吗，他有没有回复我？”

紫天堂鸟垂下脑袋。

“这才是最糟糕的，”它说，“我也差一点儿来不了了。我没能给他带去你的口信，我根本找不到他。长箭——金箭的儿子，消失了！”

“消失了！”医生叫道，“怎么会，他出什么事儿了？”

“没人知道，”米兰达回答说，“以前我也跟你说过，他经常失踪，印第安人可能不知道他去哪里了，但他的行踪很难逃过鸟类的眼睛。要是我想找到他，我总能找老鹰或是雨燕打听到他的下落。但这次不同，这也是为什么我迟了将近两个星期才来见你的原因：我一直在找他，到处打听，纵横飞过了整个南美洲，向所有活着的生物打听，可是没有谁能告诉我他在哪里。”

它说完这一通话，整个房间陷入了一阵寂静，医生用他惯有的方式皱起眉头，波利尼西亚也抓挠着它的小脑袋。

“你问过黑鹦鹉吗？”波利尼西亚问，“他们通常消息灵通。”

“当然问了，”米兰达说，“可它们也没能给我提供任何有用的消息，我沮丧极了，以至于都忘记了在出发前关注天气变化。到了亚速尔群岛我都没有停下来休息一下，直接从右边穿梭到直布罗陀海峡——就像我六七月间走的路线一样，但我忘了现在季节不对。结果我在大西洋中部遭遇了一场极其可怕的暴风雨，当时我真的觉得自己闯不过去了。幸好暴雨过后我在海上发现了一根漂浮的沉船残骸，于是停在上面睡了一觉。要不是那会儿休息了一下，我想现在我也没法在这儿讲故事了。”

“可怜的米兰达！你经历了多么艰难的旅程啊！”医生说，“但是，告诉我，你有没有查到长箭最后出现的地方？”

“查到了。一只年轻的信天翁告诉我，它最后一次见到长箭是在蛛猴岛？”

“蛛猴岛？好像是在巴西海岸附近？”

“对，就是那儿。我一听到这个消息就立刻飞去那座岛，那是座很大的岛屿，有一百英里长。似乎长箭曾到那里拜访过当地的印第安部落，当地人说最后一次看到他时，他正准备去深山里找稀有的草药。我是从一只被驯服的老鹰那得到这些消息的，它是一只宠物，印第安首领驯养它用来捕捉松鸡。当时我受了伤，也差点被抓起来关进笼子里！这是长一身漂亮羽毛最不好的地方：只要靠近人类，生命就面临危险，他们会说‘喔，太美了！’然后给你来上一颗子弹或是一箭。在全世界的人类里，我只敢靠近你和长箭两个人。”

“但是就没人看见他从深山里回来吗？”

“没有。那就是他最后一次出现在人们的视野里。我问了住在海岸周围的海鸟，想弄清楚他有没有自己划着独木舟离开，但它们也什么都不知道。”

“你觉得他有没有发生什么意外？”医生担心地问。

“我想恐怕是的。”米兰达摇着头说。

“噢，”约翰·杜利特缓缓地说，“如果没机会见到长箭，和他面对面的交流，那将是我一辈子的遗憾。不仅如此，这也将是人类知识领域的一大损失。从你那里我已经知道他所掌握的博物学知识恐怕比全世界其他所有学者的知识加起来还多，如果他就这样消失无踪了，又没有人记录下他的知识，那真是太糟糕了。他的知识也许会让世界变得更美好呢！你不会真的认为他已经死了吧，对不对？”

“我还能说什么呢？”米兰达突然哭起来，“整整六个月了，地上爬的、水里游的、天上飞的都没见过他！”

第十一章

盲目的旅程

关于长箭的消息让我们每个人都很难过。医生吃着餐点，从他恍惚的沉默中我能看出他非常悲伤。好多次，他都停下来不吃了，坐在那里凝视着厨房桌布上的斑点，思绪飘向远方，这时候一直关注着医生有没有吃好的哒哒就会咳嗽两声，或用锅子敲一下水槽。

我努力想让他振作起来，带着他回想今天下午我们为卢克和他太太做过的努力、取得的成功。可我发现这些都没用，于是我又谈起我们正在为远航做的准备。

我们吃完餐点，哒哒和齐齐过来收拾桌子。他从桌边起身的时候说：“可是你瞧，斯塔宾斯，现在我都不知道该去哪儿了。米兰达带给我的消息让我感到迷茫。关于这次旅程，我原来的计划就是去见见长箭，我已经盼望了整整一年了。我想他也许能在怎样学习海贝的语言方面给我些帮助，或是能教我潜到深海的方法。可现在呢？他不在了！他所有了不起的知识也一起消失了！”

说着说着他似乎又变得恍惚起来。

“想想看！”他呢喃自语着，“长箭和我，都是博物学的莘莘学子，虽然彼此从未见过面，我却觉得好像和他认识了很久。和我一样，他也没上过学，但穷其一生都在努力学习着博物学。可现在他不在了！我们之间的距离仿佛隔着整个世界，只有一只鸟既知道我又知道他！”

我们回到书房，吉普给医生拿来了睡衣和烟斗。点上烟斗，房间里弥漫着烟雾，医生情绪似乎振奋了一点儿。

“医生，即使现在你没法去找长箭，你还是会继续航海的，是不是？”我问。

他目光犀利地盯着我的脸，我想他一定是看到我有多么焦急了，所以他突然露出他特有的孩子气的笑容，对我说：“是的，斯塔宾斯，不用担心，我们还是会出发的。就算可怜的长箭离开了，我们也不能停止工作和学习，但去哪里是个问题。我们去哪儿呢？”

事实上，我想去的地方太多了，一时半会儿也拿不定主意。我正想着，医生从椅子上站起来说："我来告诉你我们该怎么做，斯塔宾斯。这是我小时候做过的游戏，萨拉和我一起住的时候经常玩。我把它叫做'盲目旅程'。每当我想去航海，又不知道该去哪儿的时候，我就拿来一本地图，闭上眼睛翻开它，接着，继续闭着眼睛转动一支铅笔，任由它停在哪一页上。然后再睁开眼睛看看它指向哪里。这是个非常有趣的游戏——'盲目的旅程'。因为做这个游戏之前你得发誓，不管铅笔指到哪个地方，你都必须想办法去。我们来玩玩吧？"

"哇，玩吧！"我几乎叫起来，"太有意思了！我希望是中国，或是婆罗洲，或者巴格达！"

说着我已经爬上书橱，从书架顶上拿下大地图集放到医生面前的桌子上。

这本地图册上每一页的内容我都熟记于心。多少个白天和夜晚我一遍遍地翻阅那些褪色的地图，追寻从山间流向大海的蔚蓝河流，想象着那些小城镇的模样，那些烟波浩渺的湖水有多少宽广！我从那本地图册里获得了许多乐趣，在脑海里我已经环游了整个世界。我知道地图册上第一页没有地图，只有关于本书的印刷说明：一八零八年印刷于爱丁堡，以及关于本书的其他出版信息，下一页是太阳系的介绍，展示太阳系中的天阳、行星、星星以及月亮，第三页是南极和北极地图，接下来就是南北半球、各大洲及各国地图。

医生开始转动铅笔的时候，我突然想到一个问题。

"要是铅笔落在北极那一页怎么办，"我问，"我们会去么？"

"不用，游戏规则是我们不必去已经去过的地方。如果落下已经去过的地方，可以重来一次。"他平静地补充说："我已经去过北极了，所以我们不用再去那儿。"

"连北极你都已经去过了！"我吃惊地话都说不出来了："我还以为至今没人去过北极。可是地图上会标记出最初发现这地方的探险者名字，如果是你发现了北极，地图上怎么没有你的名字？"

"我承诺要保守这个秘密，所以你也必须保证不告诉任何人。没错，我是在一八零九年四月到达北极的。我一抵达那里，就有成群结队的北极熊跑来找我，它们告诉我在厚厚的冰雪层下埋藏着大量的煤矿。北极熊说它们知道人类为了得到煤矿哪儿都会去，什么都干得出来。它们请求我保守这个秘密，因为一旦人类到这里开采煤矿，它们美丽的白色家园就会遭受破坏，世界上再没有其他地方有这么适宜北极熊生活的温度了。我当然得答应它们保守秘密。啊哈！是啊，我知道总有一天会有其他人发现这里，但我只是希望北极熊可以在自己的家园生活地尽可能长久一些。而且我敢说到现在也还没有人发现，因为到北极的旅程实在太艰辛了。好了，准备好了吗？很好！拿起铅笔，靠着桌子站好。地图册翻开后，转三次铅笔，让它落在地图册上。好了吗？好的。闭上眼睛。”

这真是既紧张又兴奋的时刻。我们俩都紧闭眼睛，我听见地图册翻页的声音，心里不断猜想它翻到哪一页了：是英国还是亚洲？如果是亚洲的地图，铅笔该落在哪里……我把铅笔转了三圈，然后把手放低直到铅笔戳在地图上。

“好了，”我大叫，“游戏结束。”

第十二章

命定的目的地——蛛猴岛

地图册翻在南太平洋地图页上，我的铅笔停在一座很小的岛中央，它的名字印的很小，医生不得不戴上他的深度眼镜看。我心情激动地等待着。

“蛛猴岛，”他缓缓地读出岛屿的名字，接着轻轻吹了一声口哨：“真是太神奇了！你竟然正好选中了长箭最后出现的岛屿。我想……喔，天哪！这也太巧合了！”

“那么，我们就去这座岛，是吗，医生？”我问。

“当然。按照游戏规则我们必须去啊。”

“没有选中牛津或是巴西之类近距离的地方真是太好了，”我说，“这会是一次伟大的旅程。看哪，我们得漂洋过海，这需要很长时间吗？”

“喔，不，”医生说，“不会太久。如果有一艘好船，又顺风行驶的话，四周时间差不多就够了。不过这太不同寻常了，不是吗？世界上那么多地方，你却闭着眼睛选中了这里，居然是蛛猴岛！喔，去这里有个好处：我可以弄到一些‘亚比兹’虫了。”

“‘亚比兹’虫是什么？”

“是一种行为奇特的稀有甲壳虫，我想研究它们。世界上只有三个地方才能找到这种甲壳虫，蛛猴岛就是其中之一，不过即使在那儿，这种甲壳虫也十分稀少。”

“这个岛屿名字旁边有个小小的问题标签，那是什么意思？”我指着地图问。

“意思是说这座岛屿的位置不是十分精确，只是大概在这附近，可能船只在这个区域附近见过这座岛屿，就是这样。我们很可能是最早到达那里的白种人，不过我想我们要找到这座岛也不容易。”

这听起来就像做梦一样！我们俩坐在大大的书桌跟前：蜡烛闪耀着光亮，医生的烟斗冒出的烟雾环绕着，徐徐缓缓地飘向昏暗的天花板。我们俩坐在那儿，讨论着如何寻找一座大洋中央的小岛，想象着我们是最早登陆岛屿的白种人！

“我打赌这是一次伟大的旅程，”我说，“从地图上看，这是一座有趣的岛屿，岛上会有黑人吗？”

“没有。米兰达告诉我生活在岛上的是本地红种印第安部落。”

这时，可怜的紫天堂鸟打了个激灵醒了过来。我们太激动以至于忘记了小声说话。

“我们要去蛛猴岛，米兰达，”医生说，“你知道那座岛的位置，是吗？”

“我知道我最后一次看见这座岛的位置，”那只鸟说道，“不过现在它还在不在那儿就不知道了。”

“这是什么意思？”医生问，“它当然一直在同一个位置了。”

“不总是那样，”米兰达说，“你知道为什么吗？蛛猴岛是一座漂浮的岛屿，它在不停地移动，通常在南美洲附近漂浮。当然如果你们想去那里，我肯定能找到。”

听到这个新消息我再也按捺不住了，迫切地想把这消息告诉别人，我又唱又跳地奔出去找齐齐。

刚走到门口我就一脚绊倒了哒哒，它两只翅膀拖着碗碟正准备进来，一下子向前倒过来，“这孩子疯了吗？”鸭子叫道，“你要跑到哪儿去，笨蛋？”

“去蛛猴岛！”我喊着，一骨碌爬起来，来个侧手翻就到了大厅，“蛛猴岛！啊哈！是一座漂浮的岛！”

“我看你该去疯人院，”管家哒哒不屑地说，“看看你把我最好的瓷器弄成什么样儿了！”

我太兴奋了，根本没把它的指责听进去，继续唱着歌奔跑到厨房里去找齐齐。

在大桌中央，

墨台上栖息着一只漂亮的鸟

——是我见过最漂亮的鸟！

第三部分

第一章

第三名船员

那个星期，我们开始为这次航行做准备。

拾贝人已经把“杓鹬号”推下水绑在河床边，这样更方便往船上装货。我们忙了整整三天，才把必需品搬上船并整理好。

我很惊奇这艘船里面那么宽敞，有三间小客舱和一个酒吧（可以用来做餐厅），再往下还有一个大储藏室用来堆放各种食品、多余的船帆以及其他物品。

我想乔肯定是把我们要出航的消息告诉镇上所有人了。我们每次往船上搬运物品，都有很多人围观。当然了，马修·马格也终于出现了。

“天哪，汤米，”他见我扛着几麻袋面粉，就说：“那船真漂亮！这次医生要去哪里航行？”

“我们打算去蛛猴岛，”我骄傲地大声回答他。

“医生就带你一个人去吗？”

“喔，他说过要再带一个人，”我说，“不过现在还没决定带谁。”

马修瞥见“杓鹬号”上漂亮的桅杆，咕咕哝哝地说：“你知道吗，汤米，要不是我有风湿病，我也很想和医生一起出航。船只绑在这里做好出航的准备总让我感到马上要经历冒险，有种旅行的感觉。你那罐子里装的什么东西？”

“是蜂蜜，”我说，“二十磅蜂蜜。”

“天啊，”他转过身伤感地叹了口气，“这让我更想和你们一起出海了，可我那风湿病……”

他一边咕哝一边朝码头的人群里走，我听不清他后面说了些什么。泥塘镇教堂的钟声敲响了，已经到了中午，我转过身来继续干活——装船是件辛苦却很重要的工作。

可是没过多久，又有人过来打断了我的工作。这次是一个身材魁梧、体型巨大的红胡子男人，他手臂上都是纹身。他用手背擦了擦嘴，又往河里吐了两口痰，说道："小伙子，你们队长呢？"

"队长！什么意思？"我问。

"船长，这艘船的船长呢？"他指着"杓鹬号"说。

"喔，你是说医生啊，"我说，"啊，他这会儿不在。"

正说着，医生就过来了。他手臂里抱着笔记本、蝴蝶网兜、玻璃容器还有各种和自然史有关的东西。大个子男人立刻走向前去，礼貌地碰了一下医生的帽子。

"早上好，船长，"他说，"我听说您这趟航行还缺个助手，我叫本·布彻，是个能干的水手。"

"很高兴认识你，"医生说，"不过我想我不能再多带船员了。"

"为什么，船长，"水手说，"这么大的独桅桅帆船，您肯定不会就和一个小伙子去面对深海的天气吧！"

医生告诉他的确如此，但这人并不离开，还缠着医生争辩。他告诉我们他见过很多船只因为人员配备不齐而沉没，他还拿出了撒手锏——一张写着他是出色的水手的纸张，他以恳求地语气说要是我们珍惜自己的生命就带上他一起。

但医生还是很有礼貌但语气坚决地拒绝了他，最后那人气愤地离开，还说不想见到我们活着回来。

那个早上不断有各种人前来，让我们格外忙碌。医生刚到下面放好笔记本，就又有一位游客来到甲板上，那是位相貌奇特的黑人，也是我在马戏团之外见过的唯一一位黑人。马戏团里的黑人穿戴着羽毛和骨头制成的项链之类的东西，但是这位黑人穿着时尚的礼服，扎着亮红色领结，头上戴一顶镶着亮边儿的草帽，手里还拿着一把绿色大伞。从各方面来看，他都是个聪明人，除了他的脚。他光着脚，既没穿鞋也没穿袜。

"打扰一下，"他优雅地朝我鞠了一躬说道："这是博物学家杜利特的船吗？"

"是的，"我说，"你想见他吗？"

"是的……如果方便的话。"他回答说。

"我该怎样介绍你？"

"我是棒波·卡波波，乔丽金基国的王子。"

我立刻跑下楼告诉医生。

“太好了!”约翰·杜利特叫起来,“我的老朋友棒波!哇,天哪!你知道的,他正在牛津上学。他从那地方赶来见我不容易,真是太好了!”他赶紧从楼梯爬上来问候这位朋友。

当医生出现在那个奇怪的黑人面前并热情地和他握手时,那个黑人显得激动不已。

“我听到消息,”他说,“说你们准备去航行,就赶紧赶在你们出发前来见你一面,没错过你真是太高兴了。”

“你是差点见不到我们了,”医生说,“正好出了点小状况,我们还没找到一个合适的船员一起,所以行程推迟了。要不是这样,我们三天前就出发了。”

“你们还需要多少人?”棒波问。

“就要一个,”医生说,“但很难找到合适的人。”

“我想我对你们要去的目的地还是有所了解的,”棒波说,“我和你们一起去怎么样?”

“那真是太好了,”医生说,“但是你的学业怎么办?你不能这么放下大学里所有的课程一走了之啊,对不对。”

“我想放个假,”棒波说,“就算我不和你们出海,我也打算这个学期结束后放三个月假。不过,如果和你一起我不会耽误功课。离开乔丽金基时,我威严的父亲——乔丽金基国王嘱咐我要多旅行。你是一个博学之人,和你一起走天下绝不会荒废时间,是的,肯定不会。”

“你喜欢牛津的生活吗?”医生问。

“哦,还行吧,也就那样,”棒波说,“除了数学课和这里的鞋子,其他我都喜欢。数学让我头疼,鞋子让我脚疼。今天早上,我一出校门就把鞋子扔到围墙外面去了,很快也把数学抛诸脑后。我喜欢西塞罗,是的,我觉得西塞罗很不错。对了,有人告诉我他儿子明年也要转到我们学校上学,一定是个可爱的伙伴。”

医生低下头看着那个黑人光光的大脚丫子,沉思了一会。

“好吧,”他慢慢地说道,“你说的话有道理,棒波,从学校可以学到知识,从外面的世界也可以学到知识。如果你真的想和我们一起,我会很高兴。因为,老实告诉你吧,我觉得你就是我们需要的那个人。”

第二章

起　航

两天过后，我们已经准备好了一切，只待扬帆起航。

这次，吉普苦苦恳求医生带它一起航行，最后医生终于心软了，答应带上它。除了吉普，就只有波利尼西亚和齐齐两只动物和我们同行，哒哒留下来照看家务和动物。

还是老样子，到了最后关头我们才发现这也没带那也没带，当我们终于锁好门走下台阶的时候，每个人都大包小包背了一身。

走到半路，医生突然想起来汤锅还在厨房的炉子上炖着。恰好，这时一只在我们花园筑巢的黑鸟飞了过来，杜利特就请他捎个口信给哒哒，告诉它这事儿。

到了河边，码头上站满了来给我们送行的人。

我父母站在离船最近的跳板旁边，我担心他们会触景生情，做出什么夸张的事情来，像是突然号啕大哭或是其他什么令人尴尬的行为。不过事实上，他们举止得体，母亲简单叮嘱我不要弄湿了脚，父亲则一直不太自然地笑着，轻轻地拍了拍我的背并祝我好运。离别之情最难言，我很高兴大家都轻松以待，我们也很快就踏上了征程。

让我略感惊奇的是马修·马格居然没有露面，我们都以为他肯定会来为我们送行的，医生还准备再跟他交代一下给家里的动物送食物。

我们和送行的人握手、拥抱，最后，终于收起了锚，解开缆绳，借着退潮，"杓鹬号"开始缓缓地驶入河道。码头上，人们大声欢呼，挥舞着手帕和我们告别。

不过，刚进河道我们就撞上了一两只漂浮的小船，在河道的一个急转弯处，我们又陷进了一片烂泥里，足足耽误了好几分钟。岸上的人们看着我们状况频出，为我们捏一把汗，不过医生对此并不在意。

"即使技术娴熟的水手驾驶船只正规航行，这些小意外也是很寻常的，"他边说边从船边捞出刚才推船时陷在烂泥里的靴子，"等到了开阔的海域，航行就简单多了，不会有那么多乱七八糟的事情。"

我们的船终于驶过了河口小小的灯塔，进入汪洋大海，彻底离开了大陆。那时我油然地升起一种兴奋又伟大的感觉，眼前的一切既新奇又不同寻常：头顶是蓝天，脚下是大海。接下来的日子里，这艘船就是我们的房间和街道，是我们的家园和花园。面对茫茫大海，“杓鹬号”如此渺小，尽管渺小，但船上有吃有喝，既舒适又温暖。

我朝四周瞭望，做了个深呼吸。医生正亲自掌舵，我们的船在他的驾驶下平稳起落、破浪前行。我本来还担心自己会晕船，但目前来看没有任何不适，真让人高兴。棒波被派去船舱准备晚餐；齐齐在船头把缰绳整理成捆；我的工作则是将甲板上的东西绑牢，以防天气不好时它们来回滚动；吉普站在船头，竖起耳朵、伸长鼻子，像尊雕塑一样一动不动，它正眼神犀利地注视着海面，看看海面有没有漂浮的沉船残骸、河口的沙洲或是其他可能的危险。为了保证船能正常航行，有许多必需的工作，我们每个人都各有分工。老波利尼西亚也没有闲着，它的任务是负责看管好拴在缆绳上的温度计(之前这玩意是杜利特洗澡时用的)，以便确定海水的温度，帮助我们判断周围是否有冰山。

天色越来越暗，我听见波利尼西亚轻声咒骂光线太昏暗看不见温度计上的数字。此刻，我才真切地意识到航行开始了！天就快黑了，而这将是我在大海上度过的第一个夜晚！

第三章

麻 烦 来 了

吃晚饭前，棒波从船舱里出来，去舵轮那儿找医生。

“先生，我在储物室发现了一个偷乘客，”他像一名职业水手一样，用专业地口吻汇报，“刚才我在面粉袋后面发现了他。”

“天啊！”医生说，“真是讨厌！斯塔宾斯，你和棒波一起下去把那个人带上来，现在我不能松舵。”

于是，棒波和我下楼来到储物室，在面粉袋后面找到了那个人，他从头到脚都粘着干面粉。我们用扫帚把他身上的面粉清扫地差不多了，发现这人竟然是马修·马格！我们把不停打喷嚏的马修拖上楼，带到医生跟前。

“怎么回事，马修！”约翰·杜利特说，“你究竟想干什么？”

“医生，我太想跟您一起出航了，”买猫食的人说道，“您也知道我跟您提过很多次，请您带我一起去航行，您从来没有答应过。这一次，我知道您还缺一个水手，我想如果我待在船上，等船航行在海面上了，您就会发现我还是十分得力的，到那时就会留下我了。我弯腰驼背在面粉袋后面藏了几个小时，弄得我的风湿病都有点儿发作了。我想稍微换个姿势，就在我伸腿的时候，您这位非洲来的厨子正好看见我的腿伸出来了……这船晃地真厉害啊！这场暴风雨还要持续多久？我就知道海面上这么潮湿的空气对我的风湿病可没什么好处。”

“是的，马修，这对你的风湿病确实不好，你不该跟来，不管怎么说，这种海上生活不适合你，我敢肯定你决不会喜欢长途航行的。我们会在彭赞斯靠岸，到时送你上岸。棒波，麻烦你到船舱里去一趟，我床铺上的睡袍口袋里有一些地图，请你把最小的那张给我拿上来——上面有蓝色铅笔做过的记号。我知道彭赞斯在我左手边，可我不知道具体位置。在我改变航向，驶向岸边之前，我得搞清楚灯塔的位置。”

“没问题，先生，”棒波说着，很快就转身下楼去了。

“马修，”医生说，“你下船后可以坐从彭赞斯到巴西的火车，你知道的，从巴西到泥塘镇不是很远。不要忘了每周三到我家去给动物们送食物，千万别忘了单独给小水貂送些鲱鱼。”

趁着棒波拿地图的空挡，齐齐和我把船上的灯点亮了：船的右侧点的是一盏绿色的灯，左侧是盏红色的灯，桅杆上点的是一盏白色的灯。

好不容易听见楼梯上再次响起了脚步声，医生说：“哈哈，棒波总算找到地图了。”

但让我们大吃一惊的是，出现在我们面前的可不止棒波一个人，而是三个人。

“天哪！这又是怎么回事？他们都是什么人啊？”约翰·杜利特惊呼。

“先生，是另外两个偷乘客，”棒波轻快地从楼梯上来，“我在您的船舱里发现了他们，就在你的床铺底下，一男一女。先生，这是您要的地图。”

“怎么会这么多人，”医生无力地说，“他们是谁？光线太暗，我看不清他们的脸。棒波，划一根火柴。”

你们肯定想不到是谁！是卢克和他太太。卢克太太看起来很不舒服，好像晕船得厉害。

他们向医生解释说，案子结束后他们夫妻就决定继续在小棚屋里生活，可是那场审判太有名了，拜访他们的人络绎不绝，扰乱了正常的生活。于是他们决定用这种方式离开泥塘镇（他们没有钱通过其他方式离开），去找一处没人知道他们故事的地方开始新生活。可是船一开，卢克太太就开始晕船了。

可怜的卢克一直道歉，说整件事情都是他太太的主意。

医生拿来他的医药包，给卢克太太服用了碳酸铵和嗅盐，然后跟他们夫妻俩说，他认为现在最好的办法就是给他们一些钱，让他们在彭赞斯和马修一起下船。医生又为卢克写了一封推荐信，让他带着信去彭赞斯找他的一位朋友，希望他可以给马修找个工作。

当医生打开自己的钱包掏出一些金币的时候，我听见站在我肩头的波利尼西亚小声嘀咕着：“看看，又来了，把他最后几文钱——三英镑十便士都给别人，那是我们这趟航行所有的钱了！现在要是锚丢了或是要买点焦油什么的话，我们连付海外邮票的钱都没有！好吧好吧，就祈祷我们不要弹尽粮绝吧！他怎么不把船给他们，我们走回家好了！”

随后，我们按照地图的指引改变了航向，令卢克太太欣慰的是，我们正一路朝彭赞斯驶去并很快会达到陆地。

我非常好奇，在只有灯塔和指南针引导的情况下，船是怎么在夜晚靠岸的。在我看来，医生非常巧妙地避开了所有的岩石和沙洲。

大约晚上七点左右，我们驶进了那个小港湾。医生用我们自备的划桨小船把三位偷乘客送上岸，给他们找到旅舍住下来。他回来的时候告诉我们说卢克太太直接上床睡觉了，身体感觉好多了。

这时已经过了午夜，我们决定在港湾停留一夜，明天一早再出发。

尽管觉得熬夜很好玩，但这会儿我也很高兴能美美睡一觉。我爬上自己的床铺，就在医生铺位的上面，拉上毛毯把自己裹得严严实实。这时候我才发现舷窗就在我手肘边，不用抬头就能从舷窗看见港口的风景，停泊在港口的船只在海面飘飘荡荡，彭赞斯的灯光也随着船只的晃动温柔地摇摆，忽上忽上、摇曳生姿，这就像睡觉前上演的一场小小演出，轻轻地伴你入眠。我心里想着自己多么喜欢海上的生活啊，想着想着很快就睡着了。

第四章

麻 烦 不 断

第二天一早，我们正在享用棒波大厨准备的美味早餐——肝脏和培根，医生对我说：“斯塔宾斯，我正在想，我们是在卡帕布兰卡群岛停留一下，还是直接驶向巴西海岸。米兰达告诉我说接下来有很长一段时间的好天气，至少四周半。”

“噢，”我用勺子搅拌着可可杯底部的糖，说道：“既然天气很好，不如直接穿过去。而且，紫天堂鸟会继续帮我们留意天气的，对不对？如果我们一个月之内到不了那，它会想我们是不是出了什么事。”

“对，你说的很对，斯塔宾斯。不过，从另一方面来说，卡帕布兰卡是我们可以途经的最方便的停靠港，如果需要补给或是修补什么，停在那里还是很方便的。”

“从这里到卡帕布兰卡要多久？”我问。

“大概六天，”医生说，“喔，我们可以稍后再做决定。不管怎么走，反正接下来两天航向是一致的。吃好早饭的话，我们就立即出发吧。”

走上甲板，我看见灰白相间的海鸥在船四周环绕，寻找着海港上的船只扔的食物碎屑，它们展翅翱翔，翅膀在明媚的晨光下闪闪发光。

大约七点半左右，我们起锚，在舒适平稳的微风中行驶。这一次我们很顺利地驶入大海，没碰见任何麻烦事儿。我们遇见彭赞斯的捕鱼船队，它们整齐干净，列成一队，像训练有序的士兵，红棕色船帆朝一个方向飘扬，洁白的海水在它们船前翩然起舞。

接下来的三到四天里，一切太平，航行很顺利。这几天，我们都恢复了自己的日常事务，空余时间，医生会教我们怎样掌舵，如何让船沿着正确的方向航行，如果风向突变该怎么办等等。我们把一天二十四小时分成三个时段，每人轮流值班，就是说每个人可以轮流睡八个小时，其余十六个小时保持清醒，这样船上始终有两人值班，精心照看船只。

除此以外，波利尼西亚似乎永远醒着，最多也就是在阳光下单脚站着打个盹儿。它是个老水手，比我们中任何人都资深，的确知道很多关于航行的知识。在它的监督下，我们之中没有任何人能睡超过八小时，因为波利尼西亚一直不休息，而且还总是盯着船上的钟。要是你睡过了半分钟，它立刻就会飞进你的船舱，轻轻地啄你的鼻子，直到你把你叫醒。

没过多久，我就喜欢上了我们有趣的黑人朋友棒波，喜欢他有礼貌的说话方式、他那双总是被踩到或把别人绊倒的大脚。尽管他比我年长不少，而且又上了大学，但他从没有高高在上的姿态，他总是面带微笑，让我们之间气氛愉快。我也很快明白医生把他带上是多么明智——虽然他对航海和旅行一窍不通。

第五天早上，我正从医生手里接过船舵，棒波过来和医生说："先生，咸牛肉快没了。"

"咸牛肉？"医生喊着，"怎么会？我们总共带了一百二十磅，不可能五天之内吃掉这么多。怎么会这样？"

"我也不知道，先生。但是我敢肯定，我每去一次储藏室，牛肉就少一大块。如果是老鼠在偷吃，那一定是巨大的老鼠。"

波利尼西亚一直在拉锁绳上走来走去做晨练，这时候它插话进来："我们必须检查储藏室，要是继续这样下去，不到一个星期我们就要饿肚子了。汤米，跟我下楼，我们去查查这件事儿。"

于是我们下楼来到储藏室。波利尼西亚让我们保持安静并注意聆听，我们都照做了。不久，我们听见储藏室一个黑暗的角落里传来了呼噜声。

"哈，我就知道，"波利尼西亚说，"是个人，还是个大块头。听上去他好像在那个桶后面，你们快爬进去，把他拖出来。天哪！看来我们把半个泥塘镇的人都带上船了。每个人都觉得我们是开着渡轮呢，真是厚颜无耻！把他拖出来！"

棒波和我点了个灯，爬进储藏室。可想而知，我们在桶后面发现了个满脸胡碴的大块头男人，他正睡得香着呢，脸上一副吃饱喝足的表情。我们把他叫醒。

"什么事啊？"他含糊地说。

原来是那个能干的水手本·布彻。

波利尼西亚气坏了，像爆炸的鞭炮开始噼里啪啦地说起来。

"气死我了，真受不了！"它说，"这是最后一个偷乘客吧，这是世界上我最不愿意见到的人了。"

"不如这样做吧，"棒波提议，"趁他还没醒，找个硬东西照他脑袋敲一下，然后从舷窗把他丢进海里？"

"不，我们不能那么做，"波利尼西亚说，"你知道，我们现在可不是在乔丽金基国，真倒霉！更何况，也没有那么大的舷窗把他扔出去。把他带上楼让医生处置吧。”

我们就把他带到船舵边，就是在那里，他曾经碰了碰医生的帽子。

“又一个偷乘客，先生。”棒波干脆地说。

“早上好，船长，”那个大块头说，“本·布彻，能干的水手乐意为您效劳。我知道您需要我，因此我就自作主张悄悄上船了，尽管这有违我正直的品质。但我怎么也不忍心看着您在没有专业水手的协助下就开始远航啊！要是没有我，您不可能安全回家的。看看你们的主帆吧，船长，松松垮垮，只要一起风，就会被刮掉。喔，现在幸好有我在，不必担心，我会把一切打理地井井有条。”

“不，真糟糕，”医生说，“糟糕透顶。我根本不想见到你，在泥塘镇我就告诉过你，我不需要你，你没有权利上我的船。”

“可是船长，”那个能干的水手说，“没有我您驾驶不了这艘船，您不懂航海，您看看那罗盘：您已经让他偏离半个点儿了。请恕我直言，先生，您独自进行这次旅程简直太疯狂了。天哪，这样下去你会毁了这艘船的。”

“看着我，”医生表情严肃，“失去一艘船对我来说不算什么，以前我也失去过船，并没有困扰我。当我决定要去某个地方，我就能去，你明白吗？也许我对驾驶和航海都一无所知，但我照样能到达。你也许是世界上最好的水手，但在这艘船上，你不过是个平常又普通的讨厌鬼——非常平庸、十分普通。我会在最近的港口让你上岸。”

“是的，你自求多福吧，”波利尼西亚插嘴说，“你偷乘我们的船，还吃了我们那么多咸牛肉，没把你关起来，对你够客气的了。”

我听见它跟棒波悄悄说：“真不知道接下来还有什么悲惨的事，咸牛肉是储藏室里最重要的食物，我们没钱买更多了。”

“我们这样做是不是更经济？”棒波用耳语跟它说，“要是我们把这个能干的水手腌制成咸肉呢？据我判断，他可不止一百二十磅。”

“我跟你说了很多次了，我们不是在乔丽金基国，”波利尼西亚小声说，“这些行为在白种人的船上是不允许的，”它稍作思考又说，“这的确是个好主意，我想没人看见他上了我们的船……哦，天哪！我们没有那么多盐。另外，他吃起来肯定一股烟草味儿。”

“船长，这艘船的船长呢？”

他指着“杓鹬号”说。

第五章

波利尼西亚的主意

接着医生让我掌舵，他好拿地图粗略计算一下我们该选哪条航线。

"我只能去卡帕布兰卡了，"趁那个水手转过身的时候医生对我说，"真是讨厌的家伙！可是我宁愿游回泥塘镇，也不愿去巴西的这一路上都要听这家伙没完没了的讲话。"

说真的，这位本·布彻先生真是令人讨厌。按理说，不管是谁，要是被告知不被需要，也就不会再做声了。但本·布彻不是这样的，他继续在甲板上走来走出，指出我们船上的各种错误，按照他的说法，这艘船上没有哪里是做对了的：起锚的方法不对；舱口关的不对；船帆正反也没有挂对；所有的绳结都打的不对。

最后，医生让他停止指挥，到下面的船舱去，他却拒绝，说他要留在甲板上，免得被几只旱鸭子淹死。

这多少让我们感觉不舒服，他身材魁梧，谁也不知道他生起气来会做出什么事。

棒波和我在楼下餐厅里正说着这事儿，波利尼西亚、吉普和齐齐也加入进来。和过去一样，波利尼西亚有了个计划。

"听着，"它说，"我敢肯定这个本·布彻是个走私犯，是个坏蛋。我对水手的判断很准确，记住，我也不喜欢他剪的小三角帆，我……"

"这船上一个正规的水手也没有，"我打断它，"你真的觉得医生这样横渡大西洋安全吗？"

你瞧，被人说我们在船上所做的事都是错的，这让我很沮丧。而且，我开始考虑要是我们遇上暴风雨会怎么样，特别是米兰达只是说一段时间内有好天气，如今我们已经耽搁了不少时间了。但是，波利尼西亚只是不屑地摇摇脑袋。

"哦，上帝保佑，亲爱的，"它说，"和约翰·杜利特在一起你不会有事的，记住这一点就行了，不必在意那个愚蠢的人说些什么。医生确实做任何事都不按照规矩来，不过对他来说这没什么大不了。记住我的话，你和约翰·杜利特出航，他说要到哪儿就能到哪儿。我和他出航的次数太多了，我很了解。有时候到了目的地，船已经支离破碎、惨不忍睹了，有时候完好无损，不过反正你都到达目的地了，船成什么样又有什么关系呢。还有另外一个原因，”它想了想又补充说，“他有着非同寻常的好运气。他确实会遇上麻烦，但最后总能化险为夷。我记得有一次，我们穿越马格兰海峡，海面狂风大作……”

“本·布彻要怎么处置啊？”吉普插话进来，“波利尼西亚，你已经有主意了，是不是？”

“是的。我担心他趁医生不注意打医生的头，然后好自己当船长。品德败坏的水手有时候会干出这种事来。他们按照自己的意愿驾驶船只，去自己想去的地方，这就是所谓的‘反叛’。”

“是啊，”吉普说，“我们得快点儿行动，最好不要等到后天到达卡帕布兰卡，让医生一个人待一分钟我都不放心。我闻着他是个很坏的坏蛋。”

“好吧，我都想好了，”波利尼西亚说，“听着：这扇门是有钥匙的吧？”

我们朝餐厅外面看了看，发现门上确实挂着钥匙。

“很好，”波利尼西亚说，“棒波把午餐桌摆好，我们都躲起来，等 12 点一到，棒波就摇吃午饭的铃铛，本一听见铃声响肯定会下来吃更多的咸牛肉。棒波必须躲在房间外面的门后面，等本坐在餐桌上，棒波立刻关上门并锁起来，这样我们就逮住他了。对吧？”

“你真是太聪明了，”棒波笑着说，“我马上摆桌子。”

“没错，你走的时候记得把伍斯特郡调味品拿走，”波利尼西亚说，“别留下任何能吃的东西，那家伙吃掉的东西够任何一个人吃三天的。还有，我们把他饿瘦点，这样把他送到卡帕布兰卡放他走的时候他应该没力气打架了。”

于是我们都跑到走廊里，躲到能看见餐厅情况的地方。不久，棒波到楼梯下像往常一样敲响了吃午饭的铃。然后，他跳到餐厅门后面躲起来，屏住呼吸聆听。

几乎铃声一响，就听见本·布彻“嘭、嘭、嘭”地下楼声，他直接走进餐厅，坐在桌子头上医生的位置上，打开一条方巾掖在肥肥的下巴里，等着吃一顿好的。

接着，“嘭！”地一声，棒波砰地关上门，并锁了起来。

“他愣了半天，”波利尼西亚从藏身的地方出来，“现在就让他对着墙壁讲怎么航海吧。哦，无耻的人！我都忘了这么个又笨又蠢的人能知道多少关于海的知识。棒波，接下来几天你只能在储藏室里给大伙准备伙食了。”

说完，它突然哼起一首欢快的挪威水手之歌，落在我肩头，我们一起回到甲板上。

第六章

蒙特沃德的床具店老板

我们在卡帕布兰卡群岛逗留了三天。

我们真的急着离开，但还是在这待了这么久，主要是两个方面的原因：一方面因为那个水手是个大胃王，我们的供给已经严重短缺。我们又到储藏室清点了一番，发现他除了牛肉外，还吃掉了我们许多其他的食物。因为没有钱，我们非常头疼，不知道怎么补充供给。医生翻遍了他的行李箱，想看看有没有什么可以变卖的东西，可找来找去就只有一块表，指针断了，后壳也凹陷了。我们估计，这块表换来的钱恐怕还不够我们买一磅茶叶。棒波提议由他在街上卖艺，唱唱他在乔丽金基国学的滑稽歌曲。但是医生说他觉得小岛上的人可不一定对非洲音乐感兴趣。

另一方面，岛上的斗牛比赛让我们停住了脚步。在这些属于西班牙的群岛上，每个礼拜天都要举行斗牛比赛。我们到达的时候是星期五，把那个能干的水手送走以后，我们就散着步穿过这个小镇。

这是个很有意思的小镇，和我之前见过的很不一样。小镇上都是弯弯曲曲、歪歪扭扭的羊肠小道，只够马车穿行。这里的房屋屋顶彼此紧靠、在街道上空交汇，人们从阁楼里微微探出身子，就可以和住在对街的邻居握手。医生告诉我们这是座非常非常古老的小镇，名字叫做“蒙特沃德”。

我们没钱，自然住不起旅馆之类的地方。不过，第二天晚上，我们路过一家床具店时，看见老板做好的几张床就放在店外的人行道上，床具店老板则坐在门槛上逗弄着笼子里的一只鹦鹉。医生走过去用西班牙语和他攀谈了起来，他们非常友好地谈论鸟类什么的。快到晚饭时间时，那位老板就邀请我们和他共进晚餐。

我们当然欣然接受了他的邀请。老板家的晚餐非常美味，都是用橄榄油做的，我特别喜欢那道炸香蕉。吃完晚餐，我们又站在人行道上聊天聊到深夜。

最后，我们站起身来，准备回到我们的船上去。这位好心的老板说什么也不让我们走，他说靠近港口的街道灯光非常昏暗，月亮根本照不到，一定会迷路的。他邀请我们晚上在他家住下来，第二天早上再回船上去。

最后，我们答应了他。而我们的这位朋友也没有多余的卧室供我们三个人住，医生、棒波和我就睡在店门外人行道上待售的床上。夜晚很热，什么都不需要盖，像这样躺在户外睡觉很有意思，可以看到街上来来往往的行人，领略小镇上惬意的生活。依我看，西班牙人似乎根本无心睡眠，那么晚了，四周的小餐馆、咖啡店都还在营业，三三两两的人坐在店外的小桌子旁喝着咖啡、聊着天。远远地传来的轻柔的吉他声，和餐馆里瓷器的叮当声、人们含糊的交谈声交融在了一起。

这场景多多少少让我想起了远在泥塘镇的父母，想起他们的老习惯——几乎每天晚上都会吹吹长笛什么的。我有点为他们一成不变的生活方式感到遗憾，因为他们无法感受旅途生活的愉快，在旅程中，我们每天都经历着不同的事儿，就连睡觉的方式，也与众不同。不过我猜，如果他们被邀请睡在店铺门口人行道的床上，他们肯定不会答应。有些人真是有趣！

第七章

医生的赌注

第二天早上，我们被一阵喧闹声吵醒。街上走过一支游行队伍，一大群男子身穿绚丽的服饰，后面跟着一群满脸倾慕的女士和欢呼雀跃的孩子们。我问医生他们是干什么的。

“他们是斗牛士，”他说，“明天有一场斗牛比赛。”

“什么是斗牛比赛？”我问。

令我惊讶的是，医生竟然生气了，脸都气红了。这让我想起上次在他的私人动物园里，说起老虎和狮子的时候，他也是这种表情。

“斗牛比赛是一项愚蠢、残酷、令人恶心的运动，”他说，“这些西班牙人这么可爱，又那么好客，怎么会喜欢这种运动，我实在想不通。”

接着，医生继续向我解释，斗牛比赛要先激怒公牛，然后把他放进一个圆形广场里，在那里，斗牛士们手拿红色披风，朝公牛挥舞，然后跑开，被激怒了的公牛在场上疯狂奔跑。场上还有很多可怜的衰弱的马匹，他们保护不了自己，只能任由公牛攻击和杀死。当公牛跑的气喘吁吁、上气不接下气的时候，斗牛士再拿着剑出场，杀死公牛。

“每个星期日，”医生说，“几乎在西班牙所有的大镇上，有六头公牛被这样杀死，当然，还有很多的马匹死去。”

“可是斗牛士难道不会被公牛杀死吗？”我问。

“会，但很少，”他说，“公牛没有它看起来的那样危险，即便是在它发怒的时候，只要你动作够快够冷静，是不会丢了性命的。那些斗牛士都是头脑聪明、身手敏捷的人。这里的人们，尤其是西班牙女士们，认为他们非常了不起。在西班牙，著名的斗牛士是比国王还重要的人物。瞧啊，街道拐角那边又来了一批斗牛士，女士们正在向他们飞吻呢！真是可笑！”

就在那时，我们的朋友——那位床具店老板也跑出来看经过的队伍。他向我们问候早安，询问我们晚上睡得好不好，这时，他的一位朋友走过来了，老板便向我们介绍说他叫“唐・安瑞克・卡迪纳斯”。

唐・安瑞克得知我们从哪里来之后，用英语和我们交谈起来。他看上去像一位很有教养的绅士。

“那么,你明天也会去看斗牛比赛吧?”他礼貌地问医生。

“当然不去,”医生严厉地说,“我不喜欢斗牛——残忍卑劣的表演。”

唐·安瑞克差点勃然大怒。我从没见过一个人那么激动,他对医生说,他简直不知道医生在说什么,他说斗牛是一项神圣的运动,斗牛士是世界上最勇敢的人。

“哼,胡说八道!”医生说,“你们从来没有给公牛机会,都是等到公牛累得筋疲力尽的时候,你们那尊贵的斗牛士才敢去杀死它。”

我想那个西班牙人已经非常生气了,恨不得打医生一顿。他正气急败坏地找词儿攻击医生,这时候,床具店老板走到他们俩中间,把医生拉到一边儿。他在约翰·杜利特耳边小声解释说,这位唐·安瑞克是位非常重要的人物。卡帕布兰卡群岛上的斗牛——这些体格强壮的特种公牛都是他的农场供应的。家具店老板说,他非常富有,无论如何也是不允许别人冒犯他的。

听完床具店老板的这番话,医生眼里闪过一丝孩子气般的恶作剧表情,似乎想到了什么好主意。他转过身向着正生气的西班牙人。

“唐·艾瑞克,”他说,“您说您的斗牛士都是胆略非凡、技艺超群。我说斗牛是一项愚蠢的运动似乎冒犯了您。明天的斗牛比赛上,您最出色的斗牛士叫什么名字?”

“佩普拖·德·马拉加,”唐·安瑞克说,“西班牙最伟大的名字之一,最勇敢的人之一。”

“好极了,”医生说,“我向您提个建议。我平生从没斗过牛,假如明天我和佩普拖·德·马拉加以及其他您选定的斗牛士一起参加斗牛比赛,而我的斗牛技艺又胜过了他们,您是否能答应我点儿事儿呢?”

唐·安瑞克把头扭到后面大笑。

“先生,”他说,“你疯了吧!你会当场被杀的,成为一名合格的斗牛士,要经过很多年的训练才行。”

“就当我愿意承担这种风险,您不必为我担心,我愿意承受。您是否接受我的挑战?”

西班牙人皱了皱眉。

“害怕?!”他大叫,“先生,要是你能在斗牛场上击败佩普拖·德·马拉加,我保证什么都答应你,只要是我能力所及。”

“太好了,”医生说,“现在我明白您真是这座岛屿上非常有权势的人。如果您想在明天之后停止斗牛运动，您就可以做到，对吗？”

“是的，”唐·安瑞克骄傲地说，“我可以。”

“好吧，这就是我向您要求的，如果我赢了的话，”约翰·杜利特说，“如果我对愤怒的公牛能做到的比佩普拖·德·马拉加还多的话，您得向我保证，只要您还活着，卡帕布兰卡就不会有斗牛比赛。成交吗？”

西班牙人伸出他的手和医生握了握手。

“成交，”他说，“我保证。但我必须警告你，你这是在拿自己的生命做赌注，你肯定会被杀死的。不过，谁叫你说斗牛比赛毫无价值，就算没命也是活该。明天早上我在这和你见面，有什么特殊要求明天再议。再见，先生。”

西班牙人转身和床具店老板进了床具店，波利尼西亚和往常一样一直听着他们的谈话，然后它飞到我肩膀上，在我耳边小声地说：“我有个主意。叫上棒波，我们三个找个医生听不见我们讲话的地方，我有事和你们说。”

我碰了碰棒波的胳膊肘，我们就穿过街道，假装在看一家珠宝店橱窗。此时，医生正坐在床上系鞋带，昨晚睡觉他只是脱了鞋。

“听着，”波利尼西亚说，“我绞尽脑汁地想我们怎么能弄到钱买东西，终于让我想出办法来了。”

“你弄到钱了？”棒波说。

“不，傻瓜，我是说挣钱的办法。听着：医生明天肯定会赢那场比赛，这就像明天你们依旧活着一样确定无疑。现在我们要做的就是和这些西班牙人立个附加赌局，反正他们热衷赌博，那样我们也就成功啦！”

“什么叫附加赌局？”我问。

“噢，我知道，”棒波骄傲地说，“在牛津的时候，一有划船比赛，我们就有很多这样的赌局。我去找唐·安瑞克，就说‘我用一百英镑堵医生会赢。’然后如果医生赢了，唐·安瑞克付我一百英镑，如果医生输了，我要付唐·安瑞克一百英镑。”

“就是这样，”波利尼西亚说，“不要说一百英镑，这里用西班牙银币，要说两千五百比塞塔。现在我们就去找那个家伙吧，记得假装自己很有钱。”

于是我们又穿过街道，溜进床具打造商店，医生还在系他的鞋带。

“唐·安瑞克，”棒波说，“请允许我做个自我介绍。我是乔丽金基的王储，对明天的斗牛比赛，你有没有兴趣和我打个小赌？”

“当然可以，”他说，“我很乐意，但我得警告你，你肯定要输。赌多少？”

“喔，小赌一点吧，”棒波说，“你知道的，我也就是找点儿乐子，我们就赌 3000 比塞塔，你看怎么样？”

“没问题，”那个西班牙人说着又鞠了一躬，“明天赛后见。”

“一切顺利，”我们走出店门和医生会合时，波利尼西亚说，“现在，我觉得脑袋没那么沉重啦。”

第八章

精彩的斗牛比赛

第二天是蒙特沃德的一个大日子。街道上旗帜飘扬，到处都是盛装的人群，大家都一窝蜂般地拥向斗牛场——开展斗牛比赛的场地。

医生发出挑战的新闻已经传遍了整个小镇，这更加激起了岛上居民的兴致。他们都在想，区区一名外来者居然敢挑战本地最伟大的斗牛士佩普拖·德·马拉加！就算在比赛中丧命，也是活该！

医生从唐·安瑞克那里借来一套斗牛服，穿上后精神抖擞。不过，棒波和我费了很大劲儿才帮他从前面穿上马甲，尽管如此，那些扣子还是随时可能四下迸裂。

我们从码头上朝斗牛场走去的时候，一群小男孩儿跟在我们身后跑着，他们嘲笑医生太胖，嘴里喊着："Juan Hagapoco, el grueso matador!"那是句西班牙语，意思是"约翰·杜利特，胖子斗牛士!"我们一到斗牛场，医生就说想在比赛之前看看那些公牛。随后我们就被领到公牛栏，在高高的栏杆里面，我们看到六头壮硕的黑公牛正烦躁地踏着步子。

医生很快地通过一些简洁的语言和手势告诉这些公牛他准备做的事，并详细地告诉它们一会儿在表演中它们应该怎样表现。这些可怜的公牛听说有机会取消斗牛比赛都非常高兴，它们还保证一定按照医生说的去做。

当然，带我们去那里的人根本不知道我们在干什么，他看见医生做各种奇怪的手势、学公牛说话，只觉得他疯了。

离开那里后，医生就直接去斗牛士更衣室了，我和棒波则跟波利尼西亚一起挤进斗牛场，在大型露天广场找位置坐了下来。

那天的场面喜气洋洋，成千上万的绅士和淑女都来到那里，穿戴的都是他们最漂亮的衣服，每个人都兴高采烈。

比赛开始之前，唐·安瑞克站起身来，向大家说明比赛的第一项是英国医生和佩普拖·德·马拉加的比赛，接着他还告诉大家他答应医生的事，可大家认为这种可能性太小了，所以一些人当时就笑了起来。

佩普拖一进场,人们都欢呼起来,女士们向他送飞吻,男士们纷纷拍着手,挥舞着他们的帽子。

不一会儿,斗牛场另一边那扇巨大的门缓缓向后拉开,一头公牛奔腾着进来,门在它身后又关上了。斗牛士立即变得很警觉,他挥舞着红披风,公牛于是向他冲过去,佩普拖机敏地躲开,人群又一次欢呼起来。

就这样,比赛进行了几个回合。但是我留意到,每当佩普拖身处险境、陷入非常危险的境地时,他的助手,那个总在附近某处逗留的人,就会赶紧挥舞手中的红披风,吸引公牛的注意力。这样一来,公牛就转而去追赶那个助手,佩普拖就脱离危险了。一般,助手把公牛吸引过去后,就爬到高高的围栏那里,翻出斗牛场,以保证自己的安全。很明显,这一切都是斗牛士早已安排好的。依我看,只要他没有滑倒或是跌倒,可怜的公牛就不会真正威胁到他。

大约过了十分钟,斗牛士更衣室的小门打开了,医生穿着蓝色天鹅绒比赛服,漫步走进斗牛场。他胖胖的身形一出现,人们都坐在自己的位子上笑地前仰后合。

医生——当地人称他"居安·哈格博格",走到斗牛场中心,隆重地向包厢里的女士鞠躬,又向公牛们鞠躬,接着还向佩普拖鞠了个躬,他正准备向佩普拖的助手鞠躬呢,但公牛已经从他身后冲了过来。

"小心点儿!小心点儿!公牛来了!你会被杀死的!"人群在大喊。

但是医生很冷静地完成了鞠躬,转过身来双手叠在胸前,用眼睛盯着公牛的眼睛,眉头紧皱。

接着,奇怪的事情发生了:公牛的速度越来越慢,看起来好像很害怕医生皱眉,不久它就完全停了下来。医生朝它摇了摇手指头,公牛就开始发抖,最后吓得夹着尾巴转身跑掉了。

观众惊讶不已。医生追着公牛跑,沿着斗牛场追了一圈又一圈,双方都累得气喘吁吁。观众席上开始响起兴奋的低语,这可是斗牛场上从没出现过的场景,不是人被公牛吓跑,而是公牛被人吓跑了。他们跑了十圈后,居安·哈格博格——这位英国斗牛士突然加速,从后面抓住了公牛的尾巴。

他拉着已经变得异常温顺的公牛走到斗牛场中央,医生让公牛玩了很多把戏:先是用后腿站立,然后用前腿站立,接着跳舞、弹跳、打滚。最后,医生让公牛跪下,他则跳到它背上翻了几个跟斗,又爬到牛角上,做了另外几项杂技动作。

佩普拖和他的助手鼻子都气歪了。观众完全把他们给忘了,他们就站在离我们不远处的栏杆那儿，嘀嘀咕咕，嫉妒得脸都绿了。

终于，医生转向唐·安瑞克的位置，向他鞠了一躬并大声说道："这头公牛没什么用了，它吓得要命，气喘吁吁，请把它带走吧。"

"尊贵的先生，要不要重新给您一头公牛？"唐·安瑞克问。

"不，"医生说，"我要五头新的，请把他们同时放进斗牛场来，谢谢。"

这时，人群爆发出阵阵尖叫，他们只看过斗牛士如何在一头公牛的攻击下求生，但是这次是五头！这简直是必死无疑！

佩普拖跳到前面来，呼吁唐·安瑞克不要这样做，他说这样违背了斗牛比赛的规则。

"哈！"波利尼西亚在我耳边咯咯笑着，"这和医生航海一样：他打破所有成规，但总能成功。要是他们答应了他，他会让他们票有所值，欣赏到一场精彩绝伦的比赛。"这时，场上爆发了一场激烈的争论，半数人站在佩普拖一边，半数站在医生一边。最后，医生转向佩普拖深深鞠了一躬，这一鞠躬把他身上小马甲最后一颗扣子给崩开了。

"哦，当然了，要是尊贵的先生害怕的话……"他露出温和的笑容。

"害怕？"佩普拖叫起来，"这世界上没有什么让我害怕，我是西班牙最出色的斗牛士，我这只右手已经杀死了九百五十七头公牛。"

"那好，"医生说，"让我们看看你能不能再杀五头，放公牛进场！"他喊着，"佩普拖不害怕！"

通往牛栏的沉重的大门打开了，赛场上笼罩着一片死寂，接着，五头公牛冲进斗牛场。

"表情要愤怒，"我听见医生用牛语对它们说，"不要分散，靠近一点儿，准备好一起冲。先冲向那个穿紫色衣服的佩普拖，不过看在上帝的份儿上，不要杀死它，把他赶出斗牛场就行了。现在，一起上吧！"

公牛们低下头，排成一队，像一队骑兵，从斗牛场的一端横穿过来，冲向可怜的佩普拖。

一开始，佩普拖努力让自己看起来够勇敢，但是，看着五对牛角全力冲向自己，他就受不了了，吓得嘴唇发白，朝栏杆跑去，他翻过栏杆，一溜烟地消失不见了。

"现在冲向另一个，那个助手，"医生向牛群嘘声说。不到两秒钟，他的助手也逃得无影无踪了。居安·哈格博格，这个胖胖的斗牛士只身留在了斗牛场上，身旁立着五头公牛。

接下来的表演让人大开眼界。首先，五牛跑遍全场，故意戏弄一下

最后，

医生让公牛跪下，

他则跳到它背上翻了几个跟斗，

又爬到牛角上，

做了另外几项杂技动作。

现场观众、用角撞栏杆、用蹄子扬起沙尘、追赶什么东西像要杀死它一样。接着，每头牛依次假装看见医生并发出愤怒的吼叫，放低牛角，像箭一样横穿斗牛场，冲向医生，似乎决心送他上西天。

赛场上的表演扣人心弦。就算我已经知道这一切都是事先安排好了的，看见公牛离医生那么近的时候也吓得心惊肉跳，为医生的性命捏一把冷汗！看哪，牛角尖儿离医生的小马甲只有两英寸距离！但就在那千钧一发的时刻，医生按计划灵敏地跳到一边儿，而这几头体型巨大的野兽则发出雷鸣般的怒吼，巧妙地在离医生只有一根头发的距离时避开他。

接着，五头公牛一起冲向医生，把他团团包围，用牛角抵向他，发出愤怒的咆哮。我都不知道他是怎么逃脱的，因为有那么几分钟的时间里，场地上一片混战，几乎看不到他胖乎乎的身躯，只看见冲来冲去的公牛、跺来跺去的蹄子和晃来晃去的尾巴。正向波利尼西亚说的那样，这真是一场空前绝后的精彩表演。

观众中一位女士歇斯底里地朝唐·安瑞克喊道："停止比赛！停止比赛！他那么勇敢，不应该被杀死！这是世界上最精彩的斗牛比赛了。让他活着！停止比赛！"

不过没过多久，人们就看见医生已经从围攻的公牛中突围了，他抓住公牛的角，一个接一个扭住它们的头把他们摔倒在地。这些公牛伙伴演出十分卖力，我看就连马戏团受过训练的动物也没有它们表演地好。它们被医生摔在哪里就躺在哪里，喘着粗气，一副筋疲力尽的样子，像是被完全打败了一样。

医生向场上的女士们鞠了一躬，从口袋里拿出一根雪茄点上，慢悠悠地离开斗牛场。

第九章

匆匆起程

医生身后的门一关上，赛场上就炸锅了，人群中爆发出前所未闻的巨大声响。其中，有几个人看起来很不爽，怒气冲冲（我猜他们是佩普拖的朋友）。但是，现场的女士们兴奋地呼喊着医生的名字，要他重回斗牛场。

等他终于返场后，女士们都为他疯狂，她们朝他飞吻，叫他“亲爱的”，把鲜花、戒指、项链、胸针什么的都摘下来，扔到他脚下。我想你一定没见过这阵势：鲜花和珠宝倾盆而降。

不过，医生只是朝她们微笑，再次鞠个躬，就离场了。

“现在，棒波，”波利尼西亚说，“你到场里把这些小玩意儿都捡起来，我们一会儿拿去卖掉。有名望的斗牛士都这样：他们把珠宝留在原地，他们的小助手自然会帮他们捡。我们有机会就别放过，趁这机会多赚点钱，跟医生在一起航行，指不定什么时候就用得着呢。别管那些玫瑰花了，放那儿好了，但是别落下任何一个戒指。收好这些东西就去找唐·安瑞克要你的三千比塞塔。我和汤米在外面等你，然后我们去把这些便宜货拿到床具店对面的珠宝店里当点儿钱。去吧，快跑，什么都不要和医生说，记住啦。”

走出斗牛场，我们发觉人群依然处在极度兴奋中，到处都有人在激烈地讨论。之后不久，棒波和我们会合了，身上所有的口袋都鼓鼓囊囊。我们在拥挤的人群中奋力而缓慢地挤到斗牛士更衣室那幢楼边，医生已经在门口等着我们了。

“做得好，医生，”波利尼西亚飞到他肩膀上，“太棒了！但是，听着，我已经闻到了危险的气息。我想你最好现在就到船上去，越快越好！穿上你的大衣，遮住那件花哨的斗牛服，我不喜欢这群人的表情。大部分人因为你赢了都气得不行了，现在唐·安瑞克必须取消斗牛比赛，你也知道这里的人有多喜欢斗牛。我担心一些妒忌的斗牛士会暗地里使坏，我想现在是该离开的时候了。”

“你说的太对了，波利尼西亚，”医生说，“你总是对的。这些人确实有些焦虑不安，我还是自己先回船上的好，这样不至于太引人注目。我会在那里等你们，你们从其他路回去，不过不要耽搁太久，要快！”

医生一走，棒波就去找唐·安瑞克，他说：“尊贵的先生您还欠我三千比赛塔呢。”

唐·安瑞克二话不说立即付了钱，但他羞恼地快成斗鸡眼了。

接着我们赶紧去买必需品，还雇了辆马车，一路跟着我们。

没走多远，我们就找到一家便利商店，里面看起来什么食物都有，我们进去买了很多事物，多得你这辈子都没见过。

事实上，波利尼西亚说对了，我们陷入了危险的境地。我们赢得斗牛赛的消息像闪电一样传遍了大街小巷，因为当我们走出便利店，把刚买的东西装上马车时，正看见一小撮愤怒的汉子提着棍子满大街找来找去，嘴里还喊着：“英国人！那些该死的英国人哪儿去了！他们竟然取消斗牛比赛！把他们吊在灯柱上！把他们扔进海里，讨厌的英国人！我们要抓住他们！”

你也知道，看到这情形，我们一刻也不敢耽搁。棒波抓住那个西班牙赶车人，做手势要他以最快的速度把我们送到海港，并且一路上不得说话，否则就掐死他。然后，我们赶紧跳上车，坐在买的食物上，关上门，拉下百叶窗，一溜烟地跑掉了。

“看来没时间变卖那些珠宝了。”我们在崎岖不平的街道上颠簸前进时，波利尼西亚说，“不过不要紧，以后再卖也行。不管怎么说，我们打赌赢来的钱还剩两千五百比塞塔。给车夫的钱不要超过两个半比塞塔，棒波，这儿的价格就这么多，我知道的。”

我们平安无事地到达港口，并且很高兴地看到医生已经派齐齐划着小船在岸边接我们了。

不幸的是，我们正把马车上的货物卸到船上，刚搬了一半，那群暴徒就已经追到码头，向我们冲过来。棒波抓起一根木头，在空中挥舞，嘴里发出非洲战士作战时可怕的呼喝声，一下子吓退了那群人。齐齐和我则趁机把剩下的货物搬上小艇，跟着也跳上船。棒波把木棒扔向人群，也跟着跳上船，我们赶快把船推开，疯了一样地划动桨板，迅速划离岸边，向“杓鹬号”划去。

那群暴徒站在岸边，愤怒地吼叫，挥舞着拳头，还朝我们扔石头。可怜的老伙计棒波头上挨了一下，不过还好，他脑袋结实，只起了个小包。

我们划到船边的时候，医生已经起了船锚，升了船帆，可以即刻出发了。回头看看，我们发现很多船从海港驶出来，跟在我们后面，船上的西班牙人愤怒地叫喊着。我们没法再去卸货了，赶紧把小船绑在船边，跳上甲板。

我们很快地调好风向，全速冲出海港，驶向我们的目的地巴西。

安全驶出港口后，我们通通躺在甲板上稍作休息缓口气，“啊哈！”波利尼西亚松了一口气，“这真是一次不赖的冒险，简直让我想起了过去和走私贩一些远航的日子，啊，那才叫生活！别担心你的头，棒波，等一会儿医生给你上点儿药就没事了。想想看我们的收获：一大船物资储备、成袋成袋的珠宝，还有上千比塞塔。不错，真不错！”

第四部分

第一章

海贝又说话了

米兰达，那只紫天堂鸟对天气的预言非常准确，它预测会有一段时间的好天气。果然，三个星期以来，“杓鹬号”一直在风平浪静的海面上顺利航行。

我猜对大多数专业水手来说，这样的航程一定很无聊，但是我却不觉得。当我们向南向西深处航行的时候，海面可以说一天一个样儿。经验丰富的人很难留意航程中那些微小的细节，但在我充满渴望的眼睛里，到处都是新奇的景象。

航行中我们难得遇见船只，偶然看见船只出现时，医生会拿出他的望远镜，我们也会凑上去看一看。有时候，他会在桅杆上挂起小彩旗向出现的船只发出讯号，打听些消息，对方也会以同样的方式回应。医生把这些讯号代表的意思都记在本子上，收藏在客舱里。医生说那是海上的语言，所有的船只都靠它们来交流，不管船上的是英国人、荷兰人或是法国人，都能明白。

开始几周，我们碰到的最重大事件就是遇见一座冰山。在阳光的照耀下，冰山绚丽夺目、五彩缤纷，就像童话故事里宝石装点的宫殿一样。通过望远镜，我们能看见一只北极熊妈妈带着熊宝宝坐在冰山上，正在看着我们。医生认出了这只熊，他登上北极岛时这只熊跟他说过话。于是他把船驶近冰山，并邀请它和宝宝到“杓鹬号”上来。但是它摇摇头，向他道了谢。它说对熊宝宝来说甲板上太热了，没有冰块给它的脚降温。当时天气的确非常炎热，但是靠近这座大冰山的时候我们都冷得打颤，赶紧把衣领都竖起来。

在这些平静的日子里，我得到了医生的指导，读写能力得到了很大的提高。我进步神速，最后医生把航海日志的任务也交给了我，那是每艘船上都有的大本本，有点类似日记，上面记录着航行的里程、目的地以及航行中发生的各种事。

医生也一样，他的空闲时间几乎都用来做笔记。现在我学会了读书写字，也曾偷偷地瞥一眼他的笔记，但是医生的笔迹很难辨认，看不懂他写了些什么。很多笔记看起来像是记录了海上的事情，有六本厚厚的本子，上面记满笔记和不同海藻的草图；还有一些本子上分别记录的是海鸟、海洋微生物以及海贝。有朝一日，这些笔记都会被重新整理成册，并印刷出版。

一天下午，我们看到船的四周漂浮着大量的、看起来像死掉的水草一样的东西，医生告诉我们这是马尾藻。再往前行就更多了，水面上目光所及都被厚厚的马尾藻覆盖着，我们的"杓鹬号"好像不是在大西洋上航行，倒像是在一大片草地上行进。

航行在这片海藻中时，可以看到很多螃蟹，这也让医生想起了他想要学习海贝语言的梦想。它用渔网抓了几只螃蟹回来，把它们放进监听水箱里，想看看自己能不能听懂它们的话。在这一网兜的螃蟹里，医生还碰巧抓住了一只长相奇特、胖乎乎的小鱼，他告诉我们这鱼叫"菲特鱼"。

它听这些螃蟹说了一阵子，也没听得懂。然后，他把这条菲特鱼也放进鱼箱，开始听它说话。这时我不得不离开，因为甲板上还有很多非干不可的活等着我去做。可是不久，他又把我叫到下面去。

"斯塔宾斯，"他一看到我就大叫，"太神奇了，简直难以置信！我真怀疑自己在做梦，我不敢相信自己。我……我……"

"怎么了，医生？"我说，"怎么回事？发生什么事了？"

"那条菲特鱼，"他用颤抖的手指指向鱼箱，那条小鱼还在鱼箱里安静地游着，他小声地对我说，"它会说英语！而且……而且……而且我还听见它哼着小曲儿——英文小曲儿！"

"讲英语？！"我惊叫，"哼小曲儿！怎么会？这不可能。"

"千真万确，"医生说，他激动地脸色发白，"只是一些混在它自己语言里的一些单词，很零散，没什么意义，它的语言我暂时还听不懂，但其中确实有一些英语单词，除非是我听力出毛病了。还有，它哼的小曲儿也很普通，都是一个调儿。现在，你来听听，告诉我你听见了什么。每一个细节都要告诉我，不要漏掉任何一个单词。"

我走到放在桌子上的水箱跟前，这时候医生也抓起了一个笔记本和一支笔。我解开衣领，站在医生常站的一只空行李箱上，把我的右耳朵伸进水里。

有那么一会儿的工夫，我什么也听不到，除了那只没放进水里的耳朵能听见医生等待时沉重的呼吸声，他直挺挺地站在一边焦急地等着我说点什么。最后，我听见水里传来令人难以置信的、微弱的声音，像是从很遥远的地方传来孩童的歌声。

“啊！”我说。

“听见什么了？”医生用沙哑而颤抖的声音轻声问我。“它说什么了？”

“我听得不清楚，”我说，“是一种奇怪的鱼类语言……噢，等一下！……我听到了……‘请勿抽烟’……‘天哪，这有个古怪的家伙！’‘爆米花和明信片存放在这儿……从这边出去……禁止吐痰’……医生，这些话太奇怪了！噢，等等！现在它开始哼小曲儿了。”

“哼的什么？”医生急促地问。

“一首儿歌。”

“啊哈，”医生叫起来，“我听到的也是这样的。”他飞快地在笔记本上记录下这一切。

我继续聆听。

“太神奇了，”医生一边继续在笔记本上做记录，一边自顾自地嘀咕着，“太神奇了，真是激动人心。我想知道，它从哪儿……”

“又说了，”我叫道，“又说英语了……‘大水缸需要清洗了’……没了。它又开始讲鱼类语言了。”

“大水缸！”医生皱着眉头困惑地嘟哝，“我想知道它究竟从哪里学的……”

突然他从椅子上跳了起来。

“我知道了，”他大叫，“这鱼是从水族馆里跑出来的。喔，就是这样！看看它都学会了些什么：‘风景明信片’——水族馆里通常都卖；‘禁止吐痰’、‘禁止吸烟’、‘这边是出口’——这都是工作人员说过的话。还有，‘天哪，这有个奇怪的家伙！’这是人们朝水箱里看的时候通常说的话。统统说得通，毫无疑问，斯塔宾斯，我们抓到了一只从水族馆逃跑的鱼。而且，很有可能——当然不是绝对的，但是极有可能我可以通过它和贝类建立沟通。真是太幸运了！”

第二章

菲特鱼的故事

喔！医生是很难消停下来的，现在，他又重新燃起了学习海贝语言的热情，开始整夜整夜地苦干。

午夜刚过，我就在椅子上睡着了。凌晨两点左右，棒波在船舵边也睡着了。就这样，“杓鹬号”在无人驾驶的情况下自由地航行了近五个小时。而此时，约翰·杜利特仍旧在费力地想弄明白菲特鱼的话，也努力地想让菲特鱼明白他的话。

我醒过来的时候，已经日上三竿了。医生还站在监听箱旁边，看起来像熬了一夜的猫头鹰，身上都湿透了，不过他脸上倒是挂着骄傲和满意的笑容。

“斯塔宾斯，”他见我醒了赶紧说，“我成功了，我已经掌握了菲特语言的关键。这是一门完全不同的语言，和我以前听过的语言很不一样，我能想到的唯一可以和它媲美的只有一种语言——古希伯来语。虽然这不是贝类语言，但也算是向前迈进了一大步。接下来，请你拿笔和本子记下我说的每一句话。菲特鱼已经答应向我讲述它的故事了，我会把它翻译成英文，你把他记在笔记本上。准备好了吗?”医生说完再次把耳朵埋进水下。当他开始说话时，我也开始着手记录。以下就是菲特鱼向我们讲述的关于它自己的故事。

十三个月的水族馆生活

我出生在太平洋，靠近智利海岸。我们家族有两千五百一十个成员，我是其中一名。我们的父母不久就离开我们了，年轻一代也都各自走散。后来，有一群鲸鱼一直追逐我们，我的整个家族也随之分崩离析。我和我的妹妹柯丽帕（她是我最亲爱的妹妹）死里逃生，从一个狭窄的通道逃走了。一般来说，逃避鲸鱼的追捕并不是太难，只要你够灵活，能够快速拐弯就行。但是追逐我和柯丽帕的这只鲸鱼十分狡猾，每次在石头下或别处跟丢了我们，总要返回来不停地搜寻、再搜寻，直到把我们逼出来，赶到空旷无遮挡的地方。我从没见过这么令人讨厌、这么固执的大鱼。

后来，我们终于摆脱了它，但那会儿我们已经被它追赶着向北游了几百里，都快到南美洲的西海岸了。那天还真是祸不单行。我们正停下来喘口气、稍作休息，另一个菲特鱼家族冲了过来，大喊着："快跑，快逃命啊！狗鱼来了！"

狗鱼是菲特鱼的天敌，当然，你也可以说我们是狗鱼的最爱。正因为这样，我们总是避开它们生活的深海浑浊的水域。而且，从狗鱼的追捕下逃生很难，它们速度非常快，是非常精明的猎者。所以，听说狗鱼来了，我们立刻跳起来继续逃。

我们又游了几百里，可是往后一瞧，狗鱼就在我们后面，于是我们拐进了一个港口，那恰好是美国西岸的一个海港。到了那里，我们心里想着，或者说心里希望狗鱼不会追过来。果然，它们根本没看见我们转弯，而是一直朝西追过去了，后来我们再没见过它们。真希望它们被冻死在北冰洋了！

可是，正像我说的，那天祸不单行。我和妹妹正小心地绕着停靠岸边的船只，想找一些美味的橘子皮充饥，突然之间，"嘣"的一声！一张网兜从天而降，我们被捉住了！

我们拼尽了所有的力气挣扎，但都是徒劳，网兜很结实，网孔很小。我们又蹦又跳，最后还是被拖到船上，倒在被太阳炙烤地火热的甲板上面。

甲板上几个满脸胡碴、戴着眼镜的老头蹲下来看了看我们，发出奇怪的声音。除了捉住我们之外，他们还捉了一些幼鳕，但这些老头把那些幼鳕放回了海里，对我们却非常珍视。他们小心地把我们放进一个大水缸带上岸，又把我们带到一个房间里，把我们从水缸里放进一个盛满水的玻璃箱里。这栋房子就在港口边，有一小股海水源源不断地流进玻璃缸里，这样我们可以自由舒适地呼吸。当然，我们从没有在四周都是玻璃的环境下生活过，一开始我们试图全速游着穿过玻璃，结果把鼻子撞地很疼。

接下来就是一周又一周无聊的日子。他们对我们很好，尽他们所知无微不至地照顾我们。那个戴眼镜的老人一天来看我们两次，看看我们有没有充足的食物，水下的光线够不够，水温是否合适。但是，天哪，这种生活太无聊了！我们就像阵列品，每天早上固定的时间，房间的大门就开了，城里所有无所事事的人都赶来参观我们。房间的四周还有其他水箱，里面养着其他不同种类的鱼。

参观的人就从一个水箱到另一个水箱，透过水箱的玻璃观赏我们，他们的嘴巴张地老大，像只蠢蠢的比目鱼。这让我们感觉难受极了，我们也学他们张开嘴，他们倒是觉得这很滑稽！

有一天，我妹妹对我说："想想看，哥哥，这些抓住我们的生物会说话？"

"当然，"我说，"你没注意到吗？有些只用嘴唇说话，有些则用整张脸在说话，还有的要用上手，当他们靠水箱玻璃很近的时候，你都能听见他们说什么。听！"

那时候，有一位女士来到水箱边上，她个子比其他人都高，指着我对她身后的孩子说："哦，看那，这有条很奇怪的鱼！"

后来我们注意到，凡是来到我们跟前的人都会这样说。很长一段时间里，我们以为这就是全部的人类语言了，心想人类真是没什么思想哪。为了打发无聊的时光，我们就用心学会了这句——"哦，看哪，这有条奇怪的鱼！"但我们一直不知道这话是什么意思。不过，其他的句子我们知道是什么意思，我们从人们的对话中知道它们的意义。墙上挂着大大的标语，我们看见工作人员阻止人们往地上吐痰或是禁止他们吸烟的时候，就会生气地指着墙上的标语，并大声地读出来。所以，我们也就知道这些写下来的标语是"禁止吸烟、禁止吐痰"的意思了。到了晚上，人们都离开后，一个上了年纪的男人——他有一条腿是木头的，每晚都会拿扫把打扫地上的垃圾。他干活的时候总是自顾自地哼着小曲儿，我们很喜欢这旋律，也用心记下来了，我们想着这应该也是人类语言的一部分呢。

就这样，我们在这所阴郁的房间里度过了整整一年。有时候，会有新捕捉到的鱼被放进其他水箱，也有时候一些旧的鱼被带走。一开始，我们希望只是被关在这一阵子，等他们看够了之后，我们肯定会被放归大海、重获自由。但是，过了一月又一月，我们还是呆在这儿。我们被这监狱般的玻璃墙搞得心灰意冷，话也越来越少。

一天，来参观的人很多，挤满了房间，有位红脸女士热得晕了过去。虽然我觉得这不是什么严重的事儿，但我隔着玻璃看见人们都很激动，他们把冷水泼在她身上，把她抬到外面去。

这件事触动了我，让我思索良久，不久，一个绝妙的计划在我脑中闪现。

“它会说英语！

而且……而且……而且我还听见它哼着小曲儿

——英文小曲儿”

“妹妹，”我转头对可怜的柯丽帕说，她此时正沉在我们的监狱底部，躲在石头后面，想避开蜂拥在水箱边的孩子们愚蠢的眼光，“要是我们假装生病，你觉得他们会把我们带出这屋子吗？”

“哥哥，”她无精打采地说，“也许会吧，但更可能会把我们扔到垃圾堆去，我们就会被太阳晒死。”

“但是，”我说，“明明旁边就是海港，他们干吗跑那么远去找个垃圾堆呢？我们被带进来的时候我看人们都把垃圾往水里扔。要是他们也把我们扔进水里，我们很快就能游回大海了。”

“大海！”可怜的柯丽帕眼神悠远地喃喃着（我的妹妹柯丽帕有双美丽的眼睛），“听起来像梦一样。大海！哥哥，你觉得我们还能回去吗？每当夜晚来临，我醒着躺在这恶臭的地牢，耳边都会回响起大海惊心动魄的海浪声。我多么渴望在大海里遨游！多想再次感受那美好生动、广博壮阔、舒适如家的大海！在大西洋海浪的浪尖跳跃，欢快地追逐风中飞沫，随飞旋的波浪潜身深海！多希望在夏夜追着小虾，看火红的天空把每一朵浪花映成粉红色！在赤道风平浪静的海面，你可以在午后慵懒地漂浮在水面，任由明媚的热带阳光温暖你的肚皮！我们可以继续肩并肩地遨游在印度洋广袤的水藻森林里，一起寻找美味的泡泡蛋！在西班牙珊瑚岛的古堡里玩捉迷藏游戏，在装点着珠宝碧玉的门窗之间流连忘返！在南海花园外低洼之地的海葵草坪上野餐，沉醉在那片蔚蓝和紫灰色相互映衬的海洋！在墨西哥海峡海绵般的河床上翻筋斗！钻进沉船的残骸去探险，看看里面掩藏了什么奇闻趣事！还有，在寒冷的冬夜，当凛冽的东北信风吹得海水七零八落，我们就一起向下游弋逃离寒冷，一直游到海水变得温暖而黑暗，一直往下游，直到我们看见海底的火鳗闪闪发光，在那里我们的朋友和亲戚围坐一团，谈天说地，聊着大海的新闻和流言蜚语……噢……”

她说不下去，伤心地嘤嘤哭泣起来。

“别说了，”我说，“你让我思乡心切。听着，我们装病，或者，干脆装死，看看他们会把我们怎么办。就算我们被扔进垃圾堆、被太阳炙烤而死，那也比呆在这难闻的监狱里强啊。你说呢？你愿意冒这个险吗？”

“我愿意，”她说，“非常愿意。”

于是第二天一大早，管理员就发现两条菲特鱼漂在水箱的水面上，已经僵硬地死了。我们尽了最大的努力，装成死鱼的样子。

管理员立刻跑去找来了戴眼镜、满脸胡碴的老人。他们一看见我们，吓得摊开双手。他们小心翼翼地把我们从水里拿出来放在湿衣服上，这对我们来说是最艰难的阶段了。鱼离开了水就不得不张着嘴大口呼吸，而且即便这样也支持不了多久。这时候，我们不得不保持一动不动，把嘴巴张一条小缝，轻轻地呼吸。

这两个老头对我们又戳又拍，摸一摸再压一压，我真担心他们会没完没了地这样下去。后来，就在他们转过身去的一小会儿，一只讨厌的猫跳上桌子，差点把我们吃掉，幸好老头及时转过身来把它赶走了。你应该知道我们趁他们看不见的一小会儿赶紧吸了两大口气，才不至于被憋死。我想跟柯丽帕说要勇敢、坚持到底，但我做不到，因为鱼的语言只有在水下才能被听见，离开了水大喊大叫也没用。

后来，就在我们快要放弃装死的时候，一个老头难过地摇了摇头，把我们捡起来带出了大楼。

“关键时刻到了！”我对自己说，“马上就知道我们命运如何了：是回归自由还是被丢进垃圾箱。”

到了外面，更恐怖的事情发生，他径直朝墙边的一个大木桶走过去。幸好，他正过着马路，一个脏兮兮的人赶着一架马车把那只大木桶运走了，我想那只大桶大概是他的。

接着老头又朝四周看看，想找另外的地方把我们扔掉。他好像准备把我们扔在地上，不过可能担心把地弄脏，所以没那么做。他犹犹豫豫，举棋不定地朝院子外面走去，我的心跳又加速了，我想他现在是打算把我们扔进街道的臭水沟，但是他没有(那天真是上帝保佑)。一个身穿蓝制服、钉着银扣的高大男人阻止了他。显然，从这个高大男人的口气和他愤怒地挥动手里的短棍来看，这里禁止在街上丢弃死鱼。

最后，我们如愿以偿，老头返回来，带着我们朝港口走去。他走得很慢，一路上还嘀嘀咕咕，不断用眼睛看看街角穿蓝制服的男人。我真恨不得在他手指上咬一口，让他走快点儿，柯丽帕和我都快支撑不住了。

最后他来到海边，又难过地看了我们最后一眼，把我们丢进了港口的水里。

我们从没感觉像那一刻一样兴奋！当我们感觉咸湿的海水环绕头顶，尾巴轻轻一弹，我们就恢复生命和活力了！老头一看，吃惊地一头掉进了海里，差点把我们砸死。后来，一个水手赶紧用船上的钩子把他救上岸，我们最后看见他时，他正被那位穿蓝色制服的男人揪着衣领带走呢！很明显，往港口扔死鱼也是违反城市规定的。

我们呢？我们哪有工夫管他！我们自由了！我们自顾自地在大海里翻滚、打着转儿向上冲，疯狂地左摇右摆，我们兴奋地大声欢呼，向我们的家——大海全速游去！

这就是我全部的故事。现在，正如昨晚我承诺的，我会努力地回答你关于海洋的任何问题，前提是你完成这项工作后立刻还我自由。

医生：人类知道大海最深的地方是太平洋关岛附近的深海，海底还有比那更深的地方吗？

菲特鱼：哇，当然有。在亚马逊河入口处，有比那更深的地方，但是那里很小也很难找到，我们把那叫做“深洞”。在南极海域也有一个。

医生：你会说海贝的语言吗？

菲特鱼：不会，一个字都不会。我们鱼类和海贝没什么交往，我们觉得它们是低等生物。

医生：可是你们靠近它们的时候，能听见它们交谈的声音吗？我是说，虽然不知道它们在说什么，但是能听见它们在交谈？

菲特鱼：只能听见一些大海贝的声音。海贝声音非常细微，除了它们自己，其他生物很难听见。但是大海贝不一样，它们会发出阴郁、低沉的声音，好像铁管道被石头敲了一下一样——当然没有那么响亮。

医生：我特别希望能到海底见识海底世界，学习新东西，但是我们是陆地生物，没法在水下呼吸，这你是知道的。你有什么办法能帮我吗？

菲特鱼：我想解决你的难题的最好办法就是试着捉住那只大玻璃海螺。

医生：呃……你说的大玻璃海螺是谁？是什么啊？

菲特鱼：是一只巨大的咸水海螺，是田螺家族的成员之一，但是有房子那么大的个儿。它开口说话的话，声音洪亮，不过它并不经常讲话。它能到海洋的任何地方、任何深处，因为它不用害怕海里的任何生物。它身上的壳是透明的祖母绿宝石，透过它你能看清外面的情况，它也足够厚实和坚硬。有时候它从壳里出来，把空壳背在身上，壳里有一间房，能够容下两匹马拉的马车呢，据说它旅行的时候就把食物放在里面。

医生：我觉得这就是我想找的生物，他可以让我和我的助手住在它的壳里，我们就可以安全地在深海探险了。你能帮我找到它吗？

菲特鱼：啊！不行啊。我也希望我能找到，不过普通鱼类很难看见它，它住在“深洞”底部，很少出来。“深洞”里水比较浅，都是淤泥，我们这样的鱼不敢去。

医生：天哪！真让人失望。海里这样的海螺多吗？

菲特鱼：不，不多。它是现存的唯一一只了，它的第二任太太很久很久以前就死了。它是巨型海贝的最后一员，属于远古时代，那时候鲸鱼还是陆地生物。据说它已经七千多岁了。

医生：天哪，那它能告诉我多少神奇的事儿啊，太想见到它了。

菲特鱼：您还有什么要问的吗？水箱里的水开始变暖了，我已经觉得不舒服了，希望您能尽快放我回到大海。

医生：还有一个问题——一四九二年克里斯多夫·哥伦布穿越大西洋的时候，曾经从船上丢下密封在桶里的两本日记，其中一本再也没有被找到，肯定是沉到海底了。我想找到它放在我的图书馆里，你知道它在哪儿吗？

菲特鱼：是的，我正好知道它在哪儿。它也在“深洞”里。木桶沉了以后，海水把它冲到北方一个我们称之为“奥利诺克斜坡”的地方，后来就掉进“深洞”不见了。如果是掉在海里其他地方，我还可以帮你找到，掉在“深洞”我就没办法了。

医生：好吧，我问完了。我真不舍得把你放回大海，我知道一旦把你放走，我立刻又会想起很多新问题。不过我必须信守承诺，走之前要不要吃点什么？天气有点冷，要不要来点全麦面包屑或其他什么？

菲特鱼：不用了，我不想再逗留了，现在我只想要新鲜的海水。

医生：你给我提供这么多信息，真是感激不尽，你真是乐于助人又很有耐心。

菲特鱼：不用客气，很乐意为伟大的约翰·杜利特效劳。你知道的，你在高等鱼类中已经非常闻名了。再见！祝您航行顺利，一切计划都能实现！

医生把监听箱拿到船舷边，打开箱子，把它倒进海里，溅起的水花从窗外飘进来落在我们身上，“再见了！”他喃喃自语。

我把铅笔扔在桌上，靠着椅背舒了口气。记录时间太久，我的手指已经僵硬了,我怀疑我的手掌再也打不开了。不过,怎么说我也休息了一夜了。至于可怜的医生,他实在是累坏了,好不容易把水箱放回桌上,就瘫在椅子里,眼睛一闭就打起了呼噜。

这时候,波利尼西亚在走廊里生气地抓起门来,我起身给它开了门。

“事情真是奇妙!”它大发雷霆,“这船是怎么回事?楼上那个黑人在船舵边睡着了,医生在这儿睡着了,你呢,拿只笔在本子上写写画画!是不是指望这船自己开到巴西去?我们就像只空瓶子一样在海上漫无目的地飘荡。我们已经滞后一个星期了,你们这都是怎么了?”

它很生气,声音也提地很高,都快成尖叫了,但就算这样,也没有吵醒医生。

我小心翼翼地把笔记本放进抽屉,走到甲板上,开始掌舵。

第三章

坏 天 气

我转动轮舵，让“杓鹬号”回到正确的航道上来，但是我马上发现情况有点儿不对：我们的航行速度慢下来了，对我们最有利的风向完全不知去向。

起初，我们没有太担心，想着不一定什么时候风就又吹起来了。但是过了整整一天，接着又过了两天，然后是一个星期、十天，风还是没有吹起来。这一路，“杓鹬号”就像蹒跚学步的婴儿一样缓慢前行。

我发现医生已经开始着急了，他不停地掏出他的六分仪（一种能告诉你在海洋上方位的工具）测算距离。他一直盯着地图看，在地图上不断测量，每天要用望远镜观测周边海域几百次。

一天下午，我发现他正独自抱怨迷雾蒙蒙的天空，于是走过去说：“医生，我们的航程拖延几天也不会有太大影响吧？我们已经准备了足够的食物，紫天堂鸟会知道我们是不得已拖延了时间。”

“是的，我想你说得对，”他若有所思地说，“但是我不想让它等。往年这个季节，它一般都会飞去秘鲁山，那里的气候对它身体好。而且，它预测的好天气也差不多该结束了，随时有可能变天，那样的话我们的行程就不知道要拖延多久了。要是我们能稍微快点儿，我也就不那么担心了，可现在根本就是原地踏步，所以我才着急。啊，刮风了，不是很大，不过也许会更大。”

一阵温风从东北方向吹来，吹动桅杆发出悦耳的声音。看着“杓鹬号”被风吹歪的桅杆，我们顿时又充满希望，脸上也露出了笑容。

“我们只要再往前走一百五十里，就能看见巴西海岸了，”医生说，“要是这风不停地刮上一天，我们就能看见陆地了。”

但是，风向突然变了，开始向东刮，接着又朝东北，跟着又向北。就这样，风向变个不停，好像它自己都没打定主意往哪儿吹。我忙着掌舵，一会儿朝这儿，一会儿朝那儿，好让“杓鹬号”保持正确的航向。

不久，锁绳那边观察陆地和过往船只的波利尼西亚跑下来说：“暴风雨要来了，刚才那个变化多端的风就是个预兆。看那儿，东边那里，看见那条黑线越来越低了吗？如果不是暴风雨，我就是个旱鸭子！等那阵暴风吹过来，我们的船帆就会像纸一样被吹得粉碎。医生，你来掌舵，要真是暴风雨，就需要更强壮的人来掌舵。我去把齐齐和棒波叫醒。情况看起来不太妙，我们最好马上把所有的帆降下来，大风要来了。”

的确，此时天色大变，东边那条黑线越来越黑，越来越近了，海面上响起低沉、阴郁的咆哮，原本一片祥和的蔚蓝色海水陡然间变得波涛汹涌、灰暗阴沉。天色越来越暗，细碎的乌云蜂拥而来，像从暴风雨中飞奔而出的女巫。

我得承认，我被吓住了。你知道，迄今为止我都只见识过大海友好的模样：有时平静慵懒；有时欢快鲁莽；有时月光如丝，月色如银，梦幻般雪白的云朵飘荡在夜空，搭起童话般的城堡，此时的海面显得沉静而充满诗意。可是到现在我都还不知道，也没想到大海也有这样狂野激烈、令人恐惧的一面。

暴风雨终于还是来临了，我们的船猛地向一边倾斜，像是看不见的巨人给了可怜的“杓鹬号”一巴掌。

暴风雨来得很猛烈，海面上狂风大作，我们没法呼吸，海水翻滚，声音震耳欲聋，所有的一切都来得太快，我甚至都搞不清楚我们是怎么遭遇海难的。

我记得看见我们正试图绑在甲板上的船帆，但还是被风刮得在船上到处乱滚，差点把齐齐也卷进去，我还朦朦胧胧记得波利尼西亚尖叫着叫我们下去个人把舷窗关上。

桅杆上的帆没了不说，我们的船也被风吹着飞速朝南驶去。每隔一小会儿，灰黑色的巨浪就像梦魇里的恶魔一样从船底掀起来，不断升高，朝我们砸过来，把我们打翻到海里。可怜的“杓鹬号”停滞不前，一半被水淹了，像掉进水里奄奄一息的小猪。

我试着朝船舵爬过去，想看看医生怎么样了。我像水蛭一样用手和脚紧紧地扒住桅杆，生怕一不小心掉下去。正爬着，一个巨浪打了过来，冲开了我的手脚，灌了我一嘴海水，把我像个木塞一样摔向甲板。我的头狠狠地撞在一扇门上，接着就昏了过去。

第四章

海　　难

我醒过来的时候，感到有点头晕，此时，天空蔚蓝、海面平静。起初我以为我肯定是在“杓鹬号”的甲板上晒着太阳睡着了，心想要错过轮班时间了，试着抬脚起来。可是我做不到：我的手臂被从身后绑在什么东西上了。我扭过头去看，发现是断了的桅杆。接着我意识到我根本不是坐在一艘船上，而是坐在一块船的残骸上，我开始觉得不安和恐惧。我张开眼睛，四面八方地搜寻，却发现：没有陆地，没有船，视线所及什么都没有。我只身一人在汪洋大海上！

后来，我的脑袋慢慢清醒过来，记起了发生的一切：一开始暴风雨来临，船帆被撕裂，接着大浪把我拍在门上。可是医生和其他人怎么样了？今天是哪一天，是海难发生的当天还是第二天，或是第三天？还有，为什么我坐在一块船板上？

我掏了掏口袋，找到一把削笔刀，用它割断了绑住我的绳索。我回想起乔给我讲过的一个海难故事，故事里的船长把他的儿子绑在桅杆上，确保他不被吹落到海里。显然，肯定是医生把我也绑在了桅杆上。

但他在哪儿呢？

我的脑海里闪过一个可怕的念头，我想也许医生和其他伙伴都溺死了，因为看不见海面上有其他残骸。我站起来，再次凝望海面——还是什么也没有，除了天空和海水！

不久后，我看见遥远的地方出现一个小小的黑影，像是一只鸟在贴着海面飞行。等那影子靠近了，我才看清楚原来是暴风海燕。我试图和它讲话，也好打听点儿消息，但不幸的是，我没有学会多少鸟类的语言，我甚至无法引起它的注意，更别说让它明白我说的话。

它绕着我的小筏子慢悠悠地转了两圈，翅膀都没有动一下。即便身处如此险境，我还是忍不住想知道昨夜它在哪里，它，还有其他生物是怎么度过暴风雨之夜的？这也让我意识到，不同的物种是迥然不同的，身形和力量的大小并不代表一切。就像这只海燕，比我纤弱瘦小得多，看起来大海可以对它肆意妄为，可是它对大海的回应只是慵懒随意的挥动几下翅膀！它才应该被称为能干的水手啊！因为，不管狂风暴雨，抑或是风和日丽，大海就是它的家。

在我周围的海面飞了几圈之后（我想它是在找吃的），它又朝原先飞来的方向飞回去，我又变成了孤身一人。

我觉得有点饿，还有点渴。像每一个孤独无助、没吃没喝的人一样，我开始胡思乱想，产生了许多很悲惨的想法。要是医生和其他同伴都被淹死了，我会怎么样？我会饿死，或是渴死。接着，云朵遮住了太阳，我开始觉得冷。我离陆地有多远，几百里，还是几千里？要是再来一次暴风雨，把我这块可怜的小筏子也掀翻了该怎么办？

我就这样胡乱地想了一会儿，越想越悲伤。突然之间，我想到了波利尼西亚，它曾经说过："你跟医生在一起一定安全，他说去哪儿就能到哪儿，记住了！"

的确，如果这时候医生就在我身边，我就不会七想八想了。因为独自一人，所以我才无助地想哭。可这时候，海燕也是孤独的！我对自己说，我就像个小孩儿一样，因为孤身一人就吓得哭起来了！我现在很安全——至少目前是安全的。约翰·杜利特可不会因为这点小事就害怕得不行。他有新发现的时候都兴奋不已，比如发现了新品种的虫子什么的。要是波利尼西亚说的是真的，那么他肯定不会被淹死，一切终会好起来的。

我挺起胸膛，把衣领立起来，开始在船板上来回走动取暖。我得像约翰·杜利特一样，我不能哭，当然也不会太兴奋。

不知道来来回回走了多久，但是肯定有很长时间，因为我也没别的事可做。

最后，我走累了，就躺下休息。尽管麻烦重重，但我还是很快就睡着了。

再次醒来时，万里无云的天空中繁星点点。海面还是很宁静，我的小筏子在身体下面温柔地摇晃着。但是，当我抬头望着漆黑无边的夜空，饥饿和口渴的感觉又开始在胃里作祟，刚刚鼓起的一点勇气又消失殆尽了。

"你醒着吗？"一个银铃般的声音在我身旁响起。

我就像被针扎了一样，一下子跳了起来。我看见米兰达——那只紫天堂鸟，正停落在我的小筏子一端，它那美丽的金色尾巴在星空下熠熠生辉！

我长这么大，从没有像那一刻一样，因为见到了什么人或动物而兴奋不已！我冲过去抱住它，自己差点儿掉进水里。

“我不想吵醒你，”它说，“我想经历了这场灾难，你一定累坏了……不要把我抱那么紧，孩子，我又不是填满香料的鸭子，你知道的。”

“噢，米兰达，我亲爱的老朋友，”我说，“见到你真是太高兴了。告诉我，医生怎么样了？他还活着吗？”

“当然活着，我深信他肯定还活着。他在那边呢，大约向西四十里的地方。”

“他在那干什么呢？”

“他正坐在‘杓鹬号’另一半残骸上刮胡子，反正我离开的时候是这样的。”

“噢，谢天谢地，他还活着！”我说，“棒波呢？还有其他动物呢，都还好吗？”

“是的，他们都和医生在一块儿。你们的船在暴风雨里裂成了两半。医生发现你昏过去了，就把你绑在桅杆上。后来，你待的那一块船板和船分离了、漂走了。天哪，暴风雨！只有海鸥和海燕经受得住这样的天气。我已经从悬崖上搜寻医生三个星期了，可是昨天晚上我也不得不找个避风的岩石躲避暴风雨，不然我尾巴上的羽毛肯定都被吹掉了。我一发现医生，他就派了一些海豚来找你。暴雨海燕也主动请缨帮我们找你。本来有很多海鸟在那儿等着问候医生呢，可是糟糕的天气完全破坏了它们的计划。就是那只海燕最先告诉我你在哪儿的。”

“噢，但是我怎么划到医生那儿去啊，米兰达？我没有桨。”

“到他那儿？你现在就正往他那去呢，看看你后面。”

我转过身来，月亮刚从海平面上升起来，而我的小筏子正在水里移动，不过它移动地十分平稳，以至于之前我都没有留意到。

“谁在推我们？”我问。

“海豚。”米兰达说。

我走到筏子后面，朝水里看，水底下有四只海豚正用它们的鼻子推着筏子前进，它们光滑的毛发在月光下闪闪发光。

“它们是医生的老朋友，”米兰达说，“它们会为约翰·杜利特做任何事。我们很快就能看见他待的那一半船板了，我就是从这附近离开他们的。看，他们在那儿！看见那个黑影子了吗？不是，在你视线的右边一点儿。你没看见站在那儿的黑人吗？还有齐齐，它正朝我们挥手呢。看见没？”

我的眼睛没有米兰达那么厉害，我还是什么也没看见。但是很快，我就听见前面一片迷雾里，棒波正用他的大嗓门儿大声唱着非洲民谣。我朝着声音传来的方向使劲儿张望，终于看见一片片残骸漂浮在水面，大概是“杓鹬号”的残骸。

夜空中传来一声“嗨——”，我做了回应。我们就这样隔着漆黑的海面来来回回，你唱我和。几分钟后，两片破碎的船板又再次轻轻地碰撞着合在一起。

现在我离他们更近了，月色变亮了，我看得更清楚了，他们那半船体比我这半块船板要大多了，棒波他们都蹲在船上吃饼干。

这时候，约翰·杜利特正在船边上，以平静的海面为镜，用一块碎玻璃当刀片，就着月光刮着胡子。

第五章

登　陆

我爬到他们那一半船板时，他们都热情的和我打招呼，棒波从桶里舀了一勺淡水递给我喝，齐齐和波利尼西亚站在我身边，喂了些饼干给我吃。

不过见到医生那张微笑的脸比任何事物都更能激励我——我知道我又和他在一起了。我看着他小心翼翼地擦拭着玻璃刮胡刀，并把它收起来以备后用，脑海里禁不住把他和海燕相比起来。的确，他与动物们对话并建立友谊，他从中获得了大量新奇的知识，这足以让他有勇气、有能力去做其他人无法做到的事，就像海燕可以自由自在地与大海嬉戏一样。难怪那些与他交往过的原始部落后来都把他雕刻成半人半鱼或是半鸟半人的模样，而且，米兰达曾说它坚信医生永远也不会死，这话听起来荒谬，但现在我能理解其中的涵义。和医生在一起能够让你感到舒适和安全。

他的衣服皱巴巴、湿漉漉，他那顶破高帽沾满了盐渍，不过除了外表受了些影响之外，这场让我恐惧的暴风雨对他的影响也不过就像是船在泥塘镇陷进了淤泥当中。

医生很有礼貌地感谢米兰达这么快就找到了我，他问米兰达能不能在前面带路去蛛猴岛。接着，他指挥海豚离开我原先待的那块儿破船板，并让它们来推这边的船板，并按照紫天堂鸟指引的方向前进。

我不知道这次海难给他带来多么大的损失，除了那把丢失的刮胡刀之外，还有很多，比如他倾尽钱财购买的这艘船。但现在他还是笑容可掬，好像他对这世界一无所求。我见他抢救回来的东西除了淡水和饼干之外，就是他那些珍贵的笔记本了。他站起身来的时候，我看见他把笔记本用长长的绳子一圈一圈绑好别在腰间。正如老马修·马格说的那样，他是个了不起的人，总让人感到不可思议。

之后的三天里，我们继续缓慢但平稳地向南航行。

唯一让我们感到不便的只是寒冷的天气，越往南走似乎越冷了。医生说，大风暴影响了蛛猴岛以往的移动轨迹，它明显更加往南漂移了。

我张开眼睛，

四面八方地搜寻，

却发现：

没有陆地，

没有船，

视线所及什么都没有。

第三天晚上，米兰达飞回来找我们，它都被冻僵了。它告诉医生明天早上我们就会发现离陆地非常近了，不过晚上迷雾重重看不清楚。它说它必须飞到暖和点的地方去，还说明年八月会像往年一样飞去泥塘镇看望医生。

"别忘了，米兰达，"约翰·杜利特说，"要是你打听到关于长箭的任何消息，记得告诉我。"

天堂鸟向他保证一定会的，医生又反复感谢它为我们所做的一切，它也祝我们好运，然后就消失在夜空中了。

第二天天没亮，我们就都醒了，焦急地等待着看见陆地的第一眼，我们千辛万苦就是为它而来。当太阳慢慢从东方升起，天空微微泛白，老波利尼西亚第一个叫了起来，说它已经能看见山顶和棕榈树了。

当阳光越来越耀眼，一切都变得清晰可见：长长的岛屿出现在眼前，岛屿中心耸立着一座座怪石林立的高山，岛屿离我们那么近，都可以轻易地把帽子扔上岛了。

海豚又推了一把，我们那不成样子的船就轻轻搁浅在沙滩上。谢天谢地，总算可以伸展一下腿脚了，我们赶紧跳上岸，站到陆地上。这是我们六个星期以来第一次登陆，尽管这不过是一座漂浮中的岛屿。当意识到已经到达蛛猴岛时，我万分激动！我的铅笔在地图上轻轻触及的一个小黑点，现在就在我的脚下！

天色已经大亮了，这时我们才发现这座岛上的棕榈树和草看上去都毫无生气，像是要死掉了。医生说肯定是因为气候太寒冷的缘故，这些树和草都属于热带植物，不能适应新的气候条件。

海豚问我们是否还需要它们的帮助，医生说应该不需要了，至少目前不需要。他又补充说，那个木筏也没什么用了，已经开始散架了。

正当我们准备深入小岛探险的时候，突然发现一群红种印第安人正从树丛后面注视着我们，一脸好奇。医生走上去和他们交谈，但是那些人听不懂他的话。他用手势告诉印第安人说他是出于友好来旅行的，但那些印第安人好像还是不喜欢我们。他们肩背弓箭，手握石尖长矛，用手势告诉医生说要是他再靠近一步，就把我们都杀死。很显然，他们希望我们马上离开，形势不妙。

最后，医生让他们明白他只是来参观一下岛屿，参观完了就会离开——不过，我们连船都没了，要怎么离开，真是不得而知。

那些印第安人正在内部讨论的时候，又来了一个印第安人，很显然他带了新消息来——岛上其他地方需要他们。没过多久，他们用手里的长矛威胁了我们一番，就跟着新来的那个人走了。

“真是无礼的家伙！”棒波说，“你见过这么不友好的吗？也不问问我们吃过早饭了没，这群愚昧粗鲁的人！”

“嘘！他们肯定是回他们的村子去了，”波利尼西亚说，“我打赌山的那边儿肯定有个村子。医生，要是你采纳我的意见，你就在他们回头之前赶紧离开这海滩。我们到高一点的地方去，找个他们看不见我们的地方。他们知道我们没有恶意之后，也许会友好一些。我看他们的脸真诚坦率，应该是一群正派的人。他们是有点无知，可能是从没见过白种人的缘故。”

于是，带着初次见面的小沮丧，我们向小岛中央的山上出发。

第六章

甲壳虫“亚比兹”

我们发现山脚下丛林密布，藤蔓缠绕，难以穿越。但是我们听取了波利尼西亚的建议，避开常规的道路，它说现在最好避免再遇见印第安人。

好在它和齐齐都是出色的向导，更是经验丰富的丛林猎手，它们很快便着手为我们寻找食物了。没多久，它们俩就找来了很多不同种类的水果和坚果，我们一样也叫不出名字来，不过味道好极了。后来我们还发现了一条从山上川流而下的小溪，溪水很清澈，解决了我们喝水的问题。

我们沿着小溪朝山上走，不久，我们走到一片树木相对稀疏的地方，那里到处是岩石，十分陡峭。在那儿，我们可以鸟瞰全岛被蓝蓝的海水包围着。我们正为眼前的美景而惊叹，医生突然说：“嘘！一只‘亚比兹’，你们听见没？”

我们仔细聆听，果然，周围的空中有一种独特悦耳的嗡嗡声——像是蜜蜂，但是又不只是一个调子。那曲调高低婉转，就像有人在歌唱一样。

“不会是其他甲壳虫，只有‘亚比兹’的声音是这样的，”医生说，“我想知道它在哪儿，应该就在附近，也许在树丛里飞呢。哦，要是我的蝴蝶网兜还在就好了！我怎么没有把它也绑在腰上呢！可恶的风暴，也许我会失去这千载难逢的机会，不然这会儿说不定能抓住一只史无仅有的……喔，看哪！它在那！”

一只巨大的甲壳虫——我看大概得有三英寸那么长，突然飞到我们眼前。医生兴奋极了，摘下帽子当网，猛地扑向那只甲壳虫，一下就捉住它了。他太过着急，差点儿从悬崖摔下去掉在岩石上，不过，他自己毫不在意。他跪下来，哈哈大笑，地上的帽子里稳稳当当地扣住了那只“亚比兹”。他从口袋里掏出一只盖着玻璃盖子的小盒子，娴熟地让甲壳虫沿着帽子沿儿爬到盒子里。然后，他站起来，高兴地像个孩子一样，隔着玻璃盖子观察他得到的新鲜玩意儿。

这当然是一只绝顶漂亮的昆虫啦，它的肚皮是浅蓝色的，亮黑色的背上点缀着大红点。

“世界上没有哪位昆虫学家不梦寐以求我今天的收获，”医生说，“你好啊！这只‘亚比兹’腿上绑着什么东西，不像是泥巴啊。我想知道是什么东西。”

他小心翼翼地把甲壳虫从盒子里取出来，用手指抓着甲壳虫的背部，甲壳虫六条腿在空中缓慢地蹬着。我们都围过来一看究竟。它右前腿的中间确实绑着什么东西，看上去像一片很薄的干树叶，是用牢固的蜘蛛网丝绑着。

医生用他胖乎乎的手指头解开蜘蛛网丝，取下树叶，整个过程既没有撕坏树叶，也没有伤到珍贵的甲壳虫，真是太神奇了！他把“亚比兹”放回盒子里，然后把树叶展平了仔细观察。

我们发现叶子上居然画着各种符号和图案，小的要拿放大镜才能看清楚，你该知道我们有多么惊奇！有些符号根本无法辨认，但是所有的图案都很清楚，大部分图案都是人的手指和山。这些符号和图案是用一种奇怪的棕色墨水画下的。

有那么一会儿，我们都凝视着树叶，充满惊奇和困惑，大家都沉默不语。

“我想这是用血写的，”医生最后说，“血干了就变成这种颜色了，有人咬破手指写下这些。这是一种古老的办法，当手头没有墨水的时候人们会这样做，其实对身体健康是很不利的。居然在甲壳虫腿上发现了这么奇怪的东西！我真希望自己会讲甲壳虫语，这样就可以知道‘亚比兹’从哪儿弄来的这东西。”

“可这是什么呢？”我问，“一排排小小的图案和符号，您认为它们是什么意思，医生？”

“是一封信，”他说，“一封用图画写的信。这些符号和图案合在一起就能表达一种讯息。可是为什么把这讯息给一只甲壳虫，而且是给‘亚比兹’——世界上最稀有的甲壳虫？真奇怪！”

接着他就对着那些图案喃喃自语起来。

“我想知道它们表达的是什么意思：一些人上了山；人们走进一个山洞；山塌了。这画画得不错。人们指着自己的嘴巴；栏杆——像是监狱的栏杆；人们在祈祷；人们躺着——看上去像生病了；最后一副，只有一座山——一座形状奇特的山。”

突然，医生抬起头，目光犀利，接着，脸上露出豁然开朗的兴奋笑容。他叫道："长箭！只有博物学家能想到这样做：把他的信交给一只甲壳虫，而且不是一只普通的甲壳虫，而是一只绝世罕见的甲壳虫。因为他知道其他博物学家会来捉它。啊哈，就是长箭！这是长箭用图案写下的一封信，因为他只会画画。"

"那倒是，那这信是写给谁的呢？"我问。

"很可能是给我的。我知道，很多年前米兰达就告诉过他，有一天我会来找他。但如果不是给我，也是给有可能捉到甲壳虫并读这封信的人。这是给全世界的一封信！"

"哦，如果是这样的话，这信里到底说了些什么呢？我可不觉得你得到它有什么用。"

"有用的，"他说，"你看，我已经能读懂它了。第一幅图：人们上山——这是说长箭和他的团队上山了；人们走进一个山洞——是说他们进入一个山洞寻找草药或者是苔藓；山塌了——一定是有岩石砸下来把他们困在山洞里了。这只甲壳虫是唯一能够帮他们把信息带给外面世界的生物，它会挖洞钻出来啊！当然这只甲壳虫能被发现，而且这封信能有人读到的希望也很渺茫，但毕竟是个机会啊。当人身处险境的时候，他们会抓住任何一根希望的稻草……好了，接下来看看下面一幅画说了点什么吧：人们指着自己的嘴巴——他们感到饥饿；人们在祈祷——祈祷有人发现这封信赶来救他们；人们躺下了——他们生病了，又很饥饿。斯塔宾斯，这是他们最后的求救信。"

说完，他跳了起来，掏出一个笔记本，把树叶夹进去。他的手因为激动和急迫而颤抖不已。

"快点儿，"他喊到，"都上山去，没时间耽搁了。棒波，带上水和坚果，天知道他们到底被困了多久了，希望我们来的还不晚！"

"可我们要去哪儿找？"我问，"米兰达说这岛有一百英里长，而且岛中心几乎到处是山。"

"你没看到最后一幅画吗？"他说着，从地上捡起帽子戴在头上，"是一座形状奇特的山——像老鹰的头。要是他还活着，肯定是在那座山上。我们要做的第一件事就是爬到足够高的地方，从岛上的山头里找到那座像鹰头的山。想想看哪！我有机会和长箭见面了！他可是金箭的儿子！快点儿吧！赶快行动起来！耽误一刻，就意味着我们有可能会失去一位史上最伟大的博物学家！"

第七章

鹰　头　山

后来回忆起这事儿来，我们都一致认为自己从没那么卖力过。就我自己来说，好多次都疲惫不堪想要放弃，但还是坚持搜救，像一台机器一样马不停蹄地运转。我下定决心，不管发生什么决不能做第一个放弃的人。

当我们爬到一座山顶的时候，立马就看见信里画的那座奇怪的山了，样子和鹰头像极了，是我们能看见的岛上第二高的山峰。

尽管我们爬上来就已经气喘吁吁了，但是看到那座山后医生一刻也不容许我们休息。他看了一眼太阳以确定方位，然后就又接着下山，穿过丛林，趟过溪流，走一切可能的捷径。以他肥胖的身材而言，已经是我见过最敏捷的越野赛运动员了！

我们紧随其后，我说的“我们”是指棒波和我，至于那些动物，吉普、齐齐还有波利尼西亚早就跑到前面去，它们把医生都甩在后面了。

终于，我们到达了我们要找的山峰脚下，发现这山的四周都很陡峭。

医生说：“我们分头寻找那个山洞。现在站的地方就是我们集合的地点。要是谁找到了任何像山洞的地方，或者在底下、岩石下发现有洞，就大声地喊叫好通知其他人。要是我们什么也没找到，那么大约一个小时后还在这儿碰头，听明白了吗？”

于是我们分开行动，从不同方向开始搜寻。

可以肯定，每个人都希望成为那个发现者，我看还没有哪座山被这样全面地搜寻过呢！但是，哎！谁也没发现哪里像个塌陷的山洞。山脚下的斜坡处有很多从上面滚落的岩石，但哪一块儿都不像是后面有山洞或是通道。

我们一个接一个地开始感到筋疲力尽，失望透顶，纷纷折回集合地点。医生看上去很悲伤，有点失去耐心了，但绝没有放弃的打算。

“吉普，”他说，“你没闻到哪里有印第安人的气味吗？”

“没有，”吉普说，“山坡上每一条缝隙我都使劲儿闻过了，但是我想我的嗅觉在这不怎么管用，医生，主要是这儿的空气里都是蜘蛛猴的味道，已经遮盖了其他的气味，而且这里太干冷，不利于嗅闻。”

“的确如此，”医生说，“而且一直在变冷，我想岛屿还在往南漂。希望它能早点停止漂移，不然我们连坚果和水果都吃不上了，岛上的植物都会被冻死。齐齐，你有什么发现？”

“什么也没有，医生。我爬上每一个能看见的山峰和小山尖，找遍了每一个山谷和裂缝，但是没发现任何能藏个人的地方。”

“波利尼西亚呢？”医生问，“你有什么好的线索吗？”

“没有，医生。但是，我有个主意。”

“喔，太好了！”约翰·杜利特叫起来，似乎又燃起了新的希望，“什么主意？说来听听。”

“你还留着那只甲壳虫吧？”它问，“叫做吡兹吡兹还是什么其他名字的？”

“是的，”医生说着从口袋里拿出那只玻璃盖子的盒子，“在这儿呢。”

“很好，那么听着，”它说，“如果你的假设是对的——也就是说，长箭被掉下来的岩石困在山里了，他可能在山洞里发现了这只甲壳虫，可能也发现了其他的甲壳虫，对吧？这虫子肯定不是他带进去的，对吧？因为你说过，他是去找草药的，不是去找甲壳虫，是这样吧？”

“是的，”医生说，“应该是这样。”

“好的，那么就可以假设这只甲壳虫的家，或者说它的洞穴就在那里——就是长箭和他的伙伴被困的地方，对不对？”

“是的，没错。”

“那么好吧，接下来该做的事就是放走这只甲壳虫，并且跟踪它。它迟早是要回家的，回到长箭被困的山洞里。我们只要跟着它，或者说，”它得意地梳理着翅膀上的羽毛，又补充说，“我们就跟到它用鼻子开始在底下挖洞为止，这样我们至少能知道长箭被困在山上什么位置。”

“可是我要是放掉它，它就会飞走，”医生说，“要是那样，我们只会失去它，也帮不了我们的忙。”

“让它飞就是了，”波利尼西亚不屑地说，“我想，鹦鹉飞的可不比甲壳虫慢。它想飞走的话，我保证不会让这小鬼逃出我的视线。要是它只是在地上爬，你们自己跟着它就行了。”

“太棒了！”医生叫道，“波利尼西亚，你真聪明。我这就放了它，看看会发生什么。”

我们再次聚拢在医生周围，看他小心翼翼地打开玻璃盖子，让那只大大的甲壳虫爬到他的手指上。

“虫姑娘，虫姑娘，飞吧，飞回家！”棒波轻声唱着，“你的房子着火啦，你的……”

“噢，安静！”波利尼西亚厉声打断他，“不要再侮辱它了！你以为你不提醒它就不知道回家了吗？”

“我只是想，它说不定是个爱拈花惹草的家伙，”棒波说，“说不定它厌倦了回家，需要鼓励。我是不是该唱‘甜蜜的家、温暖的家’，你说呢？”

“不必了，要是那样恐怕它再也不想回家了，你歇歇吧，别在对着它唱歌了，跟着它就好了。噢，医生，为什么不在它的腿上绑上另一封信，告诉长箭我们正在尽力来救他，叫他千万不要放弃？”

“我会的，”医生说着，很快从身边的灌木丛里找了一片干树叶，用铅笔在上面画了一些小画儿。

最后，“亚比兹”先生带着它的新邮件，爬下医生的手指，爬到地上后看了看医生，又伸了伸腿，用前脚将鼻子擦擦亮，然后悠闲地朝西前进。

我们原本希望它朝山上走的，可是它一直绕着山走。你知道一只甲壳虫绕着山走一圈要多久吗？哎，时间长得难以置信。过了一小时又一小时，我们不停地祈祷它向上爬，然后飞起来，让波利尼西亚继续干这跟踪的活儿，可它连翅膀都没张过一下。在此之前，我从没想过一个人要保持和一只甲壳虫一样的行走速度是多么困难！这是我经历过的最无聊枯燥的事情了。我们跟在它后面晃晃悠悠，还必须像老鹰一样警觉地盯紧它，以防它被叶子或是其他什么挡住而失去了影踪。慢慢地，大家都受不了了，憋了一肚子火，彼此之间恨不得大吵起来，随时准备把别人咬上几口。当它停下里欣赏风景，或是再把鼻子擦擦亮的时候，我都能听见波利尼西亚在我后面发出水手们常说的脏话。

它领着我们在整座山绕了一圈之后，又回到了我们出发的地点，然后它就待着不动了。

“好了，”棒波对波利尼西亚说，“现在你们觉得这甲壳虫的智商如何啊？你看，它根本不知道怎么回家。”

“噢，安静点儿，你这南非佬！”波利尼西亚愤怒地说，“要是你在盒子里关了一整天，放出来以后你就不想伸伸手脚，活动活动？也许它家就在附近，所以它才回来。”

“那为什么它要先绕着山走一圈？”我问。

接下来我们三个人进入了激烈的争论，正吵得不可开交的时候，医生大叫一声：“看哪，快看！”

我们转过头，发现他正指着“亚比兹”，那甲壳虫正朝山上走，速度很快，像是有什么急事一样。

“噢，要是它要爬到山顶再回来，当做锻炼，我就在这儿等它了，齐齐和波利尼西亚去跟着它吧。”棒波说。

确实，甲壳虫现在正往上爬的地方只有猴子和鸟才爬得上去，那里很光滑，又很陡峭，像一面墙一样。

可是没多久，“亚比兹”还没爬到我们头顶十步远的距离就停住了，我们都惊呼起来，因为我们都在盯着它，可是它就在我们眼前的岩石上消失了，就像雨滴落到沙子里一样无影无踪。

“它消失了，”波利尼西亚叫起来，“那上面肯定有个洞，”眨眼间，它就飞到岩石上，用爪子在岩石表面抓。

“没错，”它朝下面喊，“我们终于找到了，它的洞穴就在这儿，在一块青苔下面，有两根手指头那么大。”

“哈，”医生叫道，“这块大岩石肯定是从山顶滑下来的，像门一样正好堵住了洞口。可怜的家伙们，他们在里面渡过了多么可怕的时光！这会儿我们要是有铁镐和铲子就好了。”

“那些都没用，”波利尼西亚说，“看看这岩石的大小吧，有一百英尺高，一百英尺宽，一个军队都得挖上一个星期才能起点儿作用。”

“我想知道它有多厚，”医生说，他捡一块大石头，用力在岩石表面敲了敲，岩石响起梆梆的回声，像巨大的鼓发出的声音。我们都静静地站着听这回声慢慢消失。

然后，石头后面传来三下回应的敲击：梆——梆——梆！听得我脊梁发冷。

我们目瞪口呆，好像听见大地自己在说话一样。最后，还是医生打破了寂静。

“谢天谢地，还有人活着！”他用静穆而虔诚的语气说。

第五部分

第一章

伟大的时刻

接下来我们面临着一个真正的难题：怎样把这块巨石推开、搬开或砸碎。我们抬头看着头顶上这块巨大的石块，单凭我们几个人微薄的力量想把他挪开，简直毫无希望。

但从山洞里传来的求救声又让我们重新燃起斗志。我们立刻沿着巨石四周爬上爬下，想要找到一处开口或是缝隙，好让我们有着手之处。齐齐爬到巨石上面，想看看石头挨着山的那一边有没有缝隙；我拔掉了所有可能遮住缝隙的杂草和藤蔓；医生找来更多树叶，重新写了带图画的信，要是那只甲壳虫再出来的话就让它带进去给长箭；波利尼西亚则找来了很多坚果，还通过甲壳虫钻进去的洞口，一个接一个地把坚果送进去，好让困在里面的人能吃到。

"坚果的营养很丰富。"它说。

吉普此时正像个刨坑高手在巨石下面使劲儿刨，正是它的新发现使我们救援成功！

"医生，"它跑到约翰·杜利特跟前喊道，鼻子上都是黑土，"这块巨石下面只有一些松软的土，很容易挖。我猜这后面的洞穴肯定很深，里面的印第安人手碰不到这些土，不然他们早就可以挖条通道出来了。如果我们能把下面的土挖出来，这块石头也许会再往下陷一点儿，这样印第安人就可以从上面爬出来了。"

医生立刻跑到吉普挖的地方看了看。

"是啊，没错，"他说，"要是我们把土从这底下挖走，这巨石立得这么笔直，我们应该可以把它往这边挪动一点儿。值得一试啊，事不宜迟，赶快干吧！"

我们什么工具都没有，但可以从周围找到一些树枝和石头，然后全体都开始蹲在山脚下又刨又挖。那场面很奇怪，活像六只排成一排的獾。

我们挖了将近一个小时，虽然天气很冷，可我们还是大汗淋漓。医生说：“一旦巨石有松动的迹象，我们就要立刻从这下面散开。这石头要是砸到谁，非把他砸成肉饼。”

没过多久，我们就听见吱吱呀呀的声音。

“注意啊！”约翰·杜利特大叫，“它要倒了！散开！”

我们抱头就跑，朝两边散开。巨石缓慢地朝我们挖的坑里倒去，大约倒下来一英尺。有那么一会儿我感到很失望，因为石头上面并没有洞口，挖了也没用。不过当我抬头看的时候，发现石头的顶部正慢慢地离开山体。我们挖的洞让它失去了平衡。当它与山体分地越来越开的时候，我们听见石头后面有人的声音传出来，用一种奇怪的声音悲伤地呼喊着。巨石倒下的速度越来越快，随着一声地动山摇的巨响，巨石倒向地上摔成了两半。

我该怎样描述世界上两位伟大的博物学家的第一次会面呢，一位是长箭——金箭的儿子，另一位是约翰·杜利特——泥塘镇上的医学博士！这件事虽然过去了很多年，但是当时的情景到现在还历历在目，每一个细节都清晰可见。对于如此重要的历史性时刻，我很难用语言来描述。

医生这一生当然已经经历过很多重要的时刻，但我知道，他依然把救出这位印第安科学家看做最伟大的事件。我非常清楚这次会面对他来说意义重大。当巨石轰隆隆地在倒在我们脚边，我们就迫不及待地要去看看山洞里面的情况了。

一个黑乎乎、足有二十英尺的洞口露了出来。洞口的中间，站着一个身高七尺的印第安巨人，他面容英俊，肌肉发达，身材匀称，半身赤裸，只在腰间围了一块布，头上插着根山鹰的羽毛。他一只手挡在眼睛上，遮蔽外面刺眼的阳光，因为他已经很长时间没有见过阳光了。

“是他！”我听见医生在我耳边悄悄说，“我知道他是个大个子，下巴上有疤。”

然后他慢慢地跨过倒下的巨石伸出手，向那个红种印第安人走去。

不久，那个印第安人把手从眼睛上拿开，我看见他的眼睛炯炯有神，散发出古怪而犀利的光芒，就像一只鹰。不过比起鹰的眼睛，他的眼神更加友好和善。他慢慢抬起右臂，握住医生的手，但身体其他部分还是像雕塑一样纹丝不动。这是一个伟大的时刻！波利尼西亚朝我点点头，一副满意知足的表情，我听见老伙计棒波不屑地哼了下。接着医生试图和长箭交谈，但是这个印第安人一点儿也听不懂英语，医生也不会讲半句印第安语。可是不久，出乎我的意料，我听见医生开始试着以不同动物的语言和他交流。

他用狗的语言说:"见到你很高兴";用马的语言说:"很高兴见到你";用鹿的语言说:"你被困在里面多久了"。可是那个印第安人还是笔直地站在那里一动不动,他还是一句也听不懂。

医生继续试着用其他动物的语言和他交流,但都没起作用。

最后他用老鹰的语言跟他说话。

"了不起的红皮肤人,"他发出一种尖锐而短促的鸣叫,正像鸟儿常常发出的声音一样,"得知你大难不死,我感到无比高兴。"

突然,长箭僵硬的脸上浮现出一丝笑容,他总算听懂了,并且他还用鹰的语言回答医生说:"伟大的朋友,谢谢你的救命之恩。为了报答你,我的余生都愿意做你的随从,为你效劳。"

随后,长箭告诉我们鹰的语言是他唯一学会和使用的动物语言。不过,因为这岛上没有老鹰,所以他很久没有讲了。

杜利特对棒波做了个手势,让他再多拿点坚果和水来。但是长箭没吃也没喝,他向我们道了谢就带着这些东西转身进了洞里,我们也跟着他进去了。

在洞里,我们发现另外九个印第安人,有男有女,还有小孩子。他们躺在地上,都非常消瘦和疲惫。

有的人双眼紧闭,像是已经死去了一般。医生迅速走到他们跟前,听听他们的心跳,还好,他们都还活着,但是一位妇女太虚弱了,爬都爬不起来了。

正当长箭把食物和水分给他的朋友们时,洞外突然响起了人声。我们转过身来,发现出口处挤着几个印第安人,正是我们在海滩上遇见的那几个十分不友好的人。

他们先是谨慎地朝洞里瞅瞅,但一看见长箭以及其他印第安人,他们立刻兴奋地冲了进来,又是拍手又是跺脚,互相叽里咕噜地交流起来,有的人还激动地哭了。

长箭向医生解释说,我们在洞里找到的这九个人是跟他上山采草药的,他们来自两个家族。当时他们正在寻找一种能治疗消化不良的苔藓,这种苔藓只在潮湿的洞穴里生长,一块巨石突然从山上滑落下来,把洞口封住了。接下来的两个星期,他们就靠这些苔藓和从山洞里的岩壁上滴下来的水珠维持生存。岛上的其他印第安人对他们生还已经不抱希望了,还为他们举行了追悼会。所以,现在见到他们是又惊又喜。

洞口的中间，

站着一个身高七尺的印第安巨人，

他面容英俊，肌肉发达，身材匀称，半身赤裸，

只在腰间围了一块布，

头上插着根山鹰的羽毛。

长箭转身向那几个新来的印第安人解释，并用印第安语告诉他们是这位白种人找到他们，还把他们救了出来。那几个印第安听了后立即过来围着杜利特，嘴里不停说着什么，一边还做出捶胸顿足的动作。

长箭说这是他们在道歉，他们在对医生说很抱歉在海滩的时候那样无礼，他们以前从没见过白种人，真的很害怕，特别是看到他和海豚对话，都觉得他是个魔鬼！

接着他们走出洞，看了看被我们推倒的巨石，像一块小草坪一样。他们围着这块巨石走了一圈又一圈，还指着石头上的裂缝，似乎想知道我们是怎么把它弄倒的。

许多年后的今天，去蛛猴岛旅行过的人告诉我说，这块巨石草坪现在已经成为岛上的常规景点之一，印第安导游向游客介绍这个景点的时候，就会讲起这个故事，讲讲它的来历。他们说当医生发现他的朋友长箭被困在这块巨石之下时，非常生气，于是赤手空拳把巨石劈成两半，把朋友从里面救了出来。

第二章

漂浮岛上的人们

从那一刻起，印第安人对待我们的态度大不相同。他们邀请我们到村子参加宴会，庆祝失踪的人们归来。我们又用树枝做了一副担架，把那个生病的女人抬起来，之后，大家就动身下山。

路上，印第安人好像告诉了长箭一些坏消息，长箭听后脸上一片死灰色。医生问他出什么事了，他说刚得知部落首领——一位八十岁的老者，今天早上去世了。

波利尼西亚悄悄跟我说："那些在海边的人肯定是因为这件事才匆忙赶回村子的，你还记得吗？我们在海边的时候，有人过来送信。"

"他是怎么死的？"医生问。

"他是被冻死的。"长箭说。

的确，那时候太阳快要落山了，我们都冻得发抖。

"这个问题会很严重，要是小岛继续顺着这股向南的水流漂移的话。"医生对我说，"我们明天得想想办法了，要是什么都做不了，这些印第安人只能乘坐独木舟离开小岛。即使乘坐独木舟有遭遇海难的风险，也比冻死在南冰洋的冰块里强。"

我们很快翻过一座小山，向小岛的另一头望过去，可以看见一座村庄——大大的茅草房和五颜六色的图腾柱错落有致地矗立在海边。

"真美啊！"医生说，"真是个赏心悦目的好地方。这村子叫什么名字？"

"波普斯佩泰，"长箭说，"也是这一支部落的名字，在印第安语里，它的意思是'漂浮岛屿上的人'。这座岛屿上有两个印第安部落：住在岛这一头的是波普斯佩泰，住在岛另一头的是贾格德拉格。"

"哪个部落更大？"

"目前是贾格德拉格，他们的村落有两平方里那么大。不过，"长箭英俊的脸庞上浮现出一丝阴影，"就我而言，我情愿有一个波普斯佩泰，也不愿有一百个贾格德拉格。"

在我们还没到达村子之前，我们救人的消息就已经传开了。所以，我们快要进村子的时候就看见很多印第安人涌了出来，向他们以为再也见不到的亲朋好友问好。

当这些善良的人们得知是我们几个不速之客救了他们的族人后，他们纷纷上前将医生团团围住，和他握手、拍他的肩膀、和他拥抱，接着，几个身强力壮的人竟然把他举起来背在肩上，一直把他背下山，背进村子。

在村子里，我们受到了更加热烈的欢迎。因为岛上入夜后很冷，村民在屋子里都冻地发抖，但是他们还是打开大门出来迎接我们。我真没想到，这么一个小小的村落居然住着这么多人。他们在我们身旁推推嚷嚷，冲我们点头微笑，朝我们招手。长箭把我们的英雄事迹详细地描述了一番后，他们就用奇怪的声音唱歌，在我们听来，大概是赞美和感激的意思。

接着，我们被送到一座新盖的草房里，里面收拾地干干净净，空气里散发着青草香。他们安排我们住在这里，还找了六个印第安小伙子伺候我们。

我们进村的路上注意到，在主要通道的顶头，有一栋房子比其他房子都要大。长箭指着它说是村长的房子，但现在是空的，因为老一任村长刚刚去世，新一任村长还没有选出来。

在我们的住所，新鲜的水果和鱼都已经摆上桌了，我们达到时，部落里有地位的人已经在长桌边就坐了。长箭请我们不用客气，尽情享用美食。

我们听了都很高兴，因为大家都饿了。可是，我们发现盘里的鱼都是生的，竟不知如何是好。印第安人吃得津津有味，似乎已经习惯了吃生鱼片儿。

医生说了很多抱歉的话，跟长箭解释说如果不介意的话还是想吃经过烹饪的鱼。

但是，伟大的博物学家竟然不知道“烹饪”是什么意思。想想看，我们有多吃惊！

这时候，坐在医生和我中间的波利尼西亚拉了拉医生的衣角。

“让我来告诉你这是怎么回事儿吧，医生，”医生俯下身来听它说，“这些部落的人不会用火！他们不知道怎么取火。看看外面，一片漆黑，整个村庄没有一盏灯，这是一个没有火种的部落。”

第三章

火　　种

于是医生问长箭知不知道什么叫做“火”，他用图画把火形象地画在一张鹿皮台布上，并向他解释什么是火。长箭说他见过火，在火山的山顶，但是他和每一个波普斯佩泰人一样，不知道它是怎么产生的。

“真是不开化，难怪老村长被冻死！”棒波嘟哝着说。

这时，门口传来一阵哭声。我们转过头，看见一位印第安母亲正在哭泣，手里抱着个孩子，她跟印第安人说了些什么，我们听不懂。长箭告诉我们说孩子生病了，母亲希望白人医生能给他治病。

“哦，天啊！”波利尼西亚在我耳边抱怨，“就跟泥塘镇一样，饭吃到一半就有人来看病。不过现在倒好，反正食物都是生的，放在那儿也不会凉。”

医生给那个孩子做了检查，发现这孩子冻地全身都在发抖。

“火！火！这里需要火，”他转头对长箭说，“这就是你们需要的，这孩子需要火取暖，不然肯定要得肺炎。”

“是啊，您说的对。可怎么取火，”长箭说，“去哪儿能弄到火，这是个难题。这座岛上的火山都是死火山。”

我们几个立刻开始翻衣兜，看有没有剩下的火柴。最后，我们东拼西凑，总算找到了一盒半，可是这些火柴头都被海水浸泡过，根本划不燃。

“这样吧，长箭，”医生说，“除了用火柴，还有几种方法可以取火：一个是用玻璃反射太阳光。但现在太阳已经落山了，这个方法这会儿用不上；另一个办法是用一根硬木棒使劲钻一块干燥的木块。外面是不是已经全黑了？……噢，已经全黑了，那我想我们只能等到明天了，因为除了不同的木块，还需要一个松鼠窝做引火的材料。你们没有灯，这时候也没办法在森林里找个松鼠窝。”

“哦，先生，您的智慧和知识真了不起，”长箭回答说，“不过您可能对我们还不太了解，您知道吗，不用火的部落都能在夜晚看见东西。因为没有光，我们已经练就在漆黑的夜里自如行动的本领。我马上下令，很快大家就能找到您需要的松鼠窝。”

于是他吩咐两个服侍我们的男孩马上去找松鼠窝。他说的一点不错，很快，一个干燥的松鼠窝，连同硬木棒和软木块就被送到我们面前。

这时候月亮还没升起来，屋子里一片漆黑。但是我可以感觉到和听到，印第安人都能够像在白天一样行动自如。医生只能靠感觉钻木取火，因为太黑的缘故，他常常会摆错地方，需要不时地询求长箭和其他印第安人的帮助。这时候我发现一个奇怪的现象：受环境的逼迫，我也开始能在黑暗中看见一点东西了。这让我第一次体会到，只要开着门，或是在户外，就没有真正的“伸手不见五指”般的漆黑。

医生借来一张弓，把弓弦卸了下来，又在硬木棒上绕了几圈，然后开始用这个硬木棒在软木块上来回搓。不一会儿，我就闻到软木块冒烟的味道。接着，他赶紧在冒烟的地方放上松鼠窝，并让我在一旁帮他吹气。他让硬木棒加快旋转，屋子里升起更多的烟。最后，四周漆黑的屋子突然亮了起来，松鼠窝被点燃了！

印第安人惊奇地窃窃私语着。一开始，他们都跪在地上顶礼膜拜，接着，他们拿起着火的棒子仔细端详。我们详细地向他们讲解火的使用方法。看到我们把鱼穿成串放在火上烤，他们的表情如痴如醉，他们闻见了烤鱼的香味。蛛猴岛有史以来第一次，有烤鱼的香味在波普斯佩泰村落里飘荡。

接着我们让印第安人找来更多的干木柴，在街道中央生了一个大火堆。围着火堆可以取暖，大家感受到了火的温暖，整个部落的人都兴高采烈地围了过来。后来我回忆蜘蛛岛之行时经常会想起这壮观的场面：漆黑的天幕下，全部落的印第安人围着熊熊燃烧的火堆，火光照亮了他们古铜色的脸、洁白的牙齿和明亮的眼睛，整个村子的人都来取暖，大家像学校的孩子一样跳着笑着。

当他们对火更加了解之后，医生又教他们，只要在房顶上开个洞，烟就能跑出来，那样就可以在房间里生火了。经历了这样漫长而劳累的一天后，波普斯佩泰的家家户户都有了火光。

可怜的人们因为得到了真正的温暖而兴奋不已，我想他们一定彻夜未眠。直到第二天清晨，我的耳畔都回响着村子里人们的低声私语，波普斯佩泰的人们都坐着谈论着小个子的旅行家和他带来的神奇之物——火！

第四章

岛屿为何漂浮

我们知道波普斯佩泰人实在太热情了，所以我们想做什么事情，只能偷偷地进行。医生在这里广受爱戴，每天早晨只要他在门口一露面，就会发现成群结队的仰慕者正耐心地等候在门外，不管他去哪里，都会被人们簇拥和跟随着。我想，这些单纯可爱的人们在看过钻木取火的精彩表演后，一定还希望医生展示更多的魔法，他们不想错失良机。

第一天早上，我们好不容易从拥堵的人群中突围，利用闲暇时间和长箭一起探察蛛猴岛。

深入岛屿后，我们发现不只是植物和树木被冻坏了，很多动物的生活也面临着巨大挑战。冻的发抖的小鸟随处可见，它们的羽毛干枯蓬乱，正紧急集合准备飞到温暖的地方去。还有很多可怜的小鸟已经被冻死了。往海边走，我们看见大量的陆地螃蟹被迫下海。在岛屿的东南方向，我们已经可以看见漂浮着的冰山——所有迹象都表明，蛛猴岛离可怕的南极已经不远了！

我们朝大海望去，看见我们的老朋友海豚在海浪中跳跃，医生朝它们打招呼，它们便游到海边。

医生问它们这里离南极圈还有多远。

它们告诉医生大概还有一百里，并询问医生为什么想知道这个。

"因为我们待的岛屿正在漂移，"他说，"它一直跟着水流向南漂移。这座岛屿本来是在赤道地区的，那里气候炎热、阳光刺目。如果它还继续向南漂移，岛上的生物就要毁灭了。"

"噢，那么接下来要做的就是让它回到热带，是吗？"海豚说。

"是的，但是怎么能做到呢？"医生说，"我们没办法让它像船一样划回去。"

"那样确实不行，"它们说，"但是鲸鱼可以帮忙推，如果你能找到足够多的鲸鱼的话。"

"啊，这真是个好主意！鲸鱼可以做到！"医生说，"你们能找来鲸鱼吗？"

"当然，"海豚说，"我们刚才还碰见一群，它们正在冰山附近玩耍。

我们去请它们过来帮忙。要是还不够，我们再去其他地方找更多鲸鱼过来，越多越好。”

“非常感谢，”医生说，“你们真是热心肠，另外，顺便问一句，你知道这座岛屿是怎样形成的吗？我注意到岛上一半左右都是石头构成的，很奇怪为什么它一直在漂浮。”

“的确不同寻常，”它们说，“但其实原因很简单。它原本是南美大陆山区向大海延伸中的一部分，像是拙笨的一角。在几千年前的冰河时期，它脱离了陆地，又碰巧经历了一些奇怪的事情，当它落进大洋时，岛屿内部是空的，充满了空气。你们现在看到的只是岛屿的一小部分——浮在水面上的部分，它的大部分都在水下，而水下部分岛屿的内部是一个巨大的石头空洞，里面充满了空气。所以整座岛屿在浮力的作用下持续地漂浮。”

“真是闻所未闻的奇怪现象啊！”棒波说。

“的确很有意思，”医生说，“我必须要记录下来。”他说着就拿出了随身携带的笔记本。

海豚跳跃着往冰山游去。没过多久，我们就看见远处的海面奔腾着白色的泡沫，一群鲸鱼正全速向岛屿游来。

它们都是体型巨大的生物，而且一下来了两百多头。

“它们来了，”海豚从海水里探出头来，对医生说。

“很好！”医生说，“现在请你跟它们解释一下好吗？就说，这是关系岛上生物生死存亡的大事，请它们竭力相助，潜到水底，用鼻子顶着岛屿，把它推回巴西南部海域。”

海豚很快就说服鲸鱼帮忙了，它们同意按照医生说的做。不一会儿，我们就看见它们拍打着浪花，朝蛛猴岛南端游去。

我们躺在海滩上等待。

大约一个小时后，医生站起来捡了一根树枝扔进水里。刚开始树枝一动不动，但不久就看见它慢慢地向后面漂去。

“哈！”医生说，“看见没？岛屿终于开始向北移动了，谢天谢地！”

那根树枝离我们越来越远，那些漂浮的冰山也越来越小，渐渐地模糊不清。

医生拿出表，把更多树枝扔进水里，然后开始快速计算起来。

“嗯，每小时十四半海里，”他嘀咕着，“速度不错，照这个速度，我们需要五天左右回到巴西海域。太好了，终于可以放心了。我感觉气候已经变得暖和点儿了，不是吗？我们去吃点东西吧。”

第五章

战　　争

我们返回村子的路上，医生和长箭兴致勃勃地讨论自然史，不过他们最感兴趣的话题还是植物。刚聊了一会儿，就有一个印第安人跑来报信。

长箭表情严肃地听这个气喘吁吁、啰里吧嗦的人讲了一通，接着转身用鹰的语言对医生说："伟大的朋友，一件不幸的事降临到波普斯佩泰。我们南边的邻居——贾格德拉格，长久以来一直觊觎我们的玉米储量，已经向我们宣战！现在他们正准备向我们发动进攻！"

"确实是个坏消息，"医生说，"不过咱们不能轻易就下定论。也许他们只是食物匮乏，可能他们的农作物在收割之前被冻坏了，他们的部落比你们更靠近南极。"

"不要替贾格德拉格的任何人找任何借口，"长箭摇头说，"他们是个自私自利的部落，总想不劳而获，仗着人多势众总想征服他们的邻居。他们从来不敢一对一地挑战我们！"

我们回到村子，立刻感觉到气氛紧张。每个人都整装待发，男人们备好了弓箭，磨砺长矛和战斧，准备了上百支利箭。女人们在村子四周围起了高高的篱笆。刺探情报的人来回奔走，带来敌人的最新动向。村子四周高高的小山和树上，哨兵正在密切监视着南边的群山。

长箭带来了另一个印第安人，他个头虽矮但身材魁梧。长箭向医生介绍说他叫大牙，是波普斯佩泰战士的首领。

医生自动请愿去拜访敌人，想试着说服他们放下武器，以和平地方式解决争端。他说，战争是一种愚蠢的、浪费人力物力的事。但是长箭和大牙都摇头，说这是没有用的。上一次战争中，他们派去一名和平使者，但是贾格德拉格居然用斧头打他。

医生正在问大牙准备怎样保卫村庄，瞭望塔上已经发出了警报。

"他们来了！几千个贾格德拉格朝这边涌过来了。"

"好吧，"医生说，"这恐怕就是今天的主要任务啦。我不支持战争，但是如果这个村子被攻击，我们也必须助他们一臂之力。"

说着他从地上捡起一根大木棒，在一块石块上敲了敲，试试够不够结实。

“这棒子挺适合我的，”他说着朝竹篱笆走去，加入到备战队伍当中。

接着我们几个也找了些武器，准备帮助我们的朋友波普斯佩泰。我借了一把弓箭和一箭囊的箭；吉普准备用上它那一口虽然老了但依然坚固的利齿；齐齐提了一袋子石头，爬上高高的棕榈树，在那里他可以朝敌人头上扔石头；棒波一手握着一棵小树，一手提着一个木桩，也气势汹汹地跟在医生后面。

敌人离我们越来越近了，当我们从村口备战的地方看见他们时，都倒吸了一口凉气。山头遍布他们的人，成千上万的人黑压压地朝这边涌来。我们这支势单力薄的游击队显得不堪一击。

“天哪！”波利尼西亚叫道，“我们这么点儿人手怎么能打得过他们！这么下去可不行，我得赶紧去找帮手来。”我不知道它去哪里找什么帮手，只知道它一说完就飞走了。吉普听它这么说，把头从篱笆探出去想看个究竟。

“它很有可能是去找黑鹦鹉帮忙，希望它能赶快找到救兵吧。看看这些凶神恶煞的敌人，已经从岩石上爬下来了，少说也有十万人！这注定是一场鏖战。”

吉普说的没错，不到一刻钟，我们的小村庄就被一群大喊大叫、怒气冲冲的强盗包围起来。

现在，又进入航海历险中最精彩紧张的部分了。说时迟那时快，事情的变化令人目不暇接，当我回忆当时的场景，头脑中都是些错综复杂的混乱画面。我只知道，要不是“三侠客”(后来波普斯佩泰人对长箭、棒波和医生的称号)，战争应该会很快结束，整个岛屿也将归属卑劣的贾格德拉格。但是，英国人、非洲人和印第安人团结一心，奋勇抗敌，大大打击了敌人的锐气。

匆忙之间竖起的竹篱笆并不结实，一开始就不断被敌人攻破。杜利特、棒波和长箭不得不赶到篱笆防御薄弱的地方和敌人展开赤手空拳的搏斗，直到把他们赶出去。可是求救的声音此起彼伏，“三侠客”就这样不停地冲锋陷阵、抵御外敌。

波普斯佩泰人自身也很善战，但是“三侠客”——来自不同的领土、拥有不同的肤色——以非凡的勇气和力量组成强大的战斗组合，成为一道独特的和令人震惊的风景。

战争结束了几个星期后，有一天晚上，我从一堆围坐在火堆边的印第安人身边经过，听见他们正在唱《三侠客》，这首歌一直流传至今，并成为波普斯佩泰的经典民歌。

三侠客之歌

噢，听吧！
这是一首三侠客之歌
它讲述着蛛猴岛上的英勇战斗
高山上、岩石后，贾格德拉格冲来了
他们的人马密如马蜂，气势汹汹
他们包围我们的家园，攻破篱笆
噢，族人和村庄都已陷入绝望
但是上帝赐予我们“三侠客”
让我们战胜敌人获得自由

啊！
一个非洲人，皮肤黑如夜
一个红皮肤，身材高似山
一个白人领袖，像只小蜜蜂
他们是英勇的“三侠客”

他们并肩作战，无人能敌
他们拳起脚落，英勇无比
他们排成一排，气势如虹
他们拳头一挥，打倒一片

哦，红皮肤的人很强壮
黑皮肤的人很善战
贾格德拉格很害怕
贾格德拉格要撤退
他们大声喊：
“小心那个白人！
他只手就能把你甩上天！”

很久以来，孩子们都在晚上听着红种人、黑人和白人的故事，唱着三侠客海边战争之歌。

第六章

波利尼西亚搬救兵

但是，天哪！就算三侠客英勇无畏，骁勇善战，但面对源源不断地涌进的敌人，他们也无法支撑了。战争进入白热化阶段，敌人在篱笆上打开一个特别大的缺口，我看见长箭高大的身躯摇晃了一下就“砰”地一声倒地，他宽阔的胸膛被刺进了一根长矛。

接下来的半个小时，棒波和医生背靠背地作战。我没有想到他们有这么持久的耐力，他们甚至没有停下来喘口气或是让手臂稍作休息。

医生这位和蔼可亲、善良友好、热爱和平的小个子博士，完全变成了另一个人。要不是亲眼所见，你一定不敢相信他居然还可以左右开弓地打仗，他发出的呐喊惊天动地。

至于棒波，他咬紧牙关、怒目而视，像一只愤怒的魔鬼，没有人敢靠近他那举过头顶、不停旋转的大木桩。但不幸的是，他最后遭到敌人石头的攻击，正好打中前额，三侠客中第二个人也倒下了。只剩下约翰·杜利特一人孤军奋战。

吉普和我立刻冲到他身边顶替倒下的两个人。但是，我们两个太弱小了，没能改变局势。另一边的篱笆也被敌人攻破了，贾格德拉格人像洪水一样冲进村子。

“上船去！往海边撤！”波普斯佩泰人大喊，“大家赶快逃命！一切都结束了！我们输了！”

但是医生和我根本没有机会撤退。越来越多的敌人把我们团团围住，一旦倒下，我们就再也站不起来了，这么多人肯定会把我们踩死。

就在我们命悬一线的时刻，我们头顶传来一种比战斗的喧嚣声还要猛烈刺耳的声音——上百万只黑鹦鹉愤怒的鸣叫声！我们的救兵终于到了！

在这紧要关头，波利尼西亚带着救兵出现了，成千上万的黑鹦鹉遮住了西边的天空。后来我问它来了多少只，它说它也不知道具体有多少，但肯定是在六百万只到七百万只之间。在这么短的时间里，它把他们从南美大陆带到了这里！

要是你听见过鹦鹉愤怒的尖叫，你一定能想象它们当时发出的声音是多么恐怖！要是你曾被鹦鹉啄过，你就会知道它们啄人多么疼痛难忍！

在波利尼西亚的指挥下，这些黑鹦鹉（它们背上都是黑的，只有嘴巴是深红色，另外翅膀和尾巴上各有一道红色）开始凶猛地扑向这群正以排山倒海之势冲进村子的强盗。

黑鹦鹉的作战方式很特别，它们是这样做的：三四只鹦鹉同时攻击一个贾格德拉格人的头顶，先用爪子牢牢抓住他的头发好站稳，再狠狠地啄他的耳朵，就像啄木鸟啄树洞一样。它们目标明确，就是使劲啄敌人的耳朵。就这样，它们帮助我们扭转了战局，让我们转败为胜。

在一片惨叫声中，贾格德拉格人连滚带爬、迫不及待地逃离这个可怕的村子。因为只要在村子里，他们头顶就会有不少于四只黑鹦鹉正不耐烦地等着啄他们的耳朵。

有些敌人比较走运，刚进篱笆被鹦鹉啄了一两下就赶紧逃走了，鹦鹉也不对他们穷追猛打。但大多数人等到逃离的时候，耳朵已经被鹦鹉啄的坑坑洼洼，就像是邮票的边缘。

不过，这些鹦鹉啄人虽然很疼，但是除了破坏形象外，倒也没有其他永久性伤害。后来，耳朵上的伤疤倒成了贾格德拉格人的标志。部落里年轻漂亮的姑娘都愿意嫁给耳朵上有洞的男子，因为这是他们英勇地参与这场伟大战役的证明。也因为这样，这一族群被其他印第安民族称为“齿形耳朵的贾格德拉格人”（尽管大多数科学家都不知道）。

村里的敌人被全部击退后，杜利特开始照料受伤的人。

尽管这场战争既激烈又历时很长，但奇怪的是，很少有受了重伤的人，可怜的长箭是受伤最严重的了。不过，医生已经为他清洗了伤口，并让他在床上休息，他睁开眼睛说感觉好多了。棒波只是被砸晕了，并无大碍。

战争结束后，医生把波利尼西亚叫来，让它指挥黑鹦鹉把敌人赶回自己的领地，整个晚上都留在那里监视他们。

波利尼西亚很简短地发布了命令，那些黑鹦鹉收到命令后，张开猩红的嘴，再次发出令人毛骨悚然的鸣叫。

贾格德拉格人可不想再被这些黑鹦鹉袭击一次，他们赶紧手脚并用翻过山头，回到他们自己的地方避难去了。波利尼西亚带着它的胜利之师，像一大片黑压压的乌云，在这些人身后紧追不舍。

医生捡起他在战斗中被打落的高帽，仔细地掸掉上面的灰，然后戴在头上。

“明天，”他朝着山头晃晃拳头，“我们要去和贾格德拉格人订立和平条约，我们要他们仅限于在贾格德拉格地区活动，杜绝战争。”

他的话再次赢得了崇拜他的波普斯佩泰人的阵阵欢呼，他们手舞足蹈，庆祝战争结束。

没过多久，

我们就看见远处的海面奔腾着白色的泡沫，

一群鲸鱼正全速向岛屿游来。

第七章

鹦鹉和平条约

第二天，我们出发前往小岛的另一头。我们乘坐木筏，经过二十五小时才到达贾格德拉格的村落。

当医生奋不顾身地投入战斗，我想那是我第一次看到他真的发怒。但他的怒火一旦燃起，就很难熄灭，一路上他都在骂那些怯懦的贾格德拉格人，说他们只因为懒得耕种自己的土地就千里迢迢跑来掠夺他人的粮食，攻打他的朋友波普斯佩泰，一直到我们抵达贾格德拉格，他都怒气冲冲。

长箭没有跟我们一起来，因为他受了伤还比较虚弱。但是医生一向擅长语言，现在已经熟悉了印第安语，而且，和我们一起出来的还有六个波普斯佩泰，他们负责划船，我们已经教了其中一个男孩学习一些英语。他和医生一起想办法和贾格德拉格人谈判。至于贾格德拉格人，他们的态度十分谦卑，因为那些可怕的鹦鹉还在他们的石头城周围的山头上待着，只等一声令下，便冲出来发起进攻。

离开船后，我们穿过主干道来到首领的府邸。沿途都有等候的人，医生带着怒气，高昂着头颅，腆着圆圆的肚皮带领我们大摇大摆地走过，这时候，众人都跪下来磕头，棒波和我看见这场景不禁心满意足地笑起来。

在首领府邸的台阶下，首领和部落的重要人物都已经站在那里恭候医生，他们脸上带着谦恭的笑容，友好地伸出双手。医生连看都不看一眼就从他们身旁走过，拾阶而上，走向首领府邸的大门。到了门口，他转过身，立刻用坚定的语气开始演讲。

这辈子我从没听过这样的演讲，我敢肯定其他人也没听过。首先，他用了一长串词来称呼他们：胆小鬼、懒汉、小偷、流氓、草包、土匪等等。接着，他说他到现在还想让鹦鹉把他们叼着扔进海里，只有这样，才能把他们这些一文不值的人永远驱逐出这座美丽的岛屿。这时候，人群中响起了一阵求饶的声音，首领和其他人都跪了下来，并称他们愿意接受一切和谈条件。

于是，医生叫来他们的一名记录员——一个会用绘画做记录的人。医生要求记录员在贾格德拉格首领府邸的石头墙壁上，记录下他口述的和平条款，这些条款被命名为“鹦鹉和平条约”。和其他和平条约不同，这项和平条约一直被严格地遵守着，直到今天也是如此。

如果用文字表述，这份合约很长，半面墙都被画满了，用掉了五十罐油漆，记录员也累得筋疲力尽。合约的主要部分是说今后不得再兴起战争，两个部落必须承诺，无论哪一方因庄稼歉收或土地贫瘠等原因而遭遇饥荒时，对方都要无条件地提供帮助。

这份合约的主要内容让贾格德拉格大吃一惊。从医生生气的表情上看，他们就算有八百个脑袋也不够砍，也许还会让他们终身为奴。

但是看到医生拟定的合约是为他们好，他们对医生的畏惧顿时转变为无尽的崇拜。当医生结束他长长的演讲，迅速地从台阶上下来，朝我们的小船走去时，首领们都扑倒在他的脚下，叫喊着：“请留下来和我们一起生活吧！尊敬的殿下，贾格德拉格所有的财富都将归属于您，山上的金矿、深海里的珍珠都属于您！只要您和我们在一起，您无上的智慧将引领我们的子民走向富裕与和平。”

“不，先生，”医生说，“直到贾格德拉格人改过自新，成为一个诚实的民族，我才会愿意来此做客。如果真诚地忠实于和平条约，你们自己会建立称职的政府，创造繁荣。再见！”说完，他转身带着棒波、波普斯佩泰和我，很快上了小船。

第八章

漂浮的石头

不过，贾格德拉格人发自内心地做出了改变，医生对他们影响深远，他们自己当时也没意识到这一点。其实，我有时会想，医生那天在台阶上的演讲对蛛猴岛上的印第安人产生的影响，比他做过的其他事都要大。当然他的其他行为也很伟大，但民间传说中往往也会夸张、夸大。

我们到小船边的时候，有个生病的小女孩被带到医生跟前。她只是得了点小病，医生很快为她治疗了一下，但这更使医生名声大噪。他上船后，这儿的人们都泪眼蒙蒙地围着我们。看起来（这也是我后来得知的）他们以为医生要从这里漂洋过海，回到他来时的神秘国度。

我们把船推进海里的时候，这个部落里的重要人物和波普斯佩泰人说了一些话。至于说了什么，我们听不懂。但是，我们留意到有几个贾格德拉格人也分别登上了几艘小船，充满敬意跟在我们后面，他们始终和我们保持一定的距离，一直护送我们到达波普斯佩泰。

医生决定从另一个海岸回波普斯佩泰村，这样就可以完整地绕岛一周了。

我们启程没多久，刚刚驶离浅海，就看见海岸上一个陡峭的地方海水动荡地厉害，白花花的全是泡沫。等再靠近一点，我们发现这是我们的鲸鱼朋友造成的，它们还在努力地用鼻子顶着岛屿，把它向北推。我们忙于应战，差点把它们给忘了。不过看见它们强劲有力的尾巴左右摇摆，搅动着海水，我们才突然意识到已经有很长一段时间没有感到寒冷了。我们加快划桨，继续沿着海岸线北上，以防被甩在岛后面。我们发现海岸上的树都变绿了，看起来也更健康了，蛛猴岛正渐渐回归它原来的气候。

大概走到一半路程，我们上了岸，准备花两到三天时间对岛屿中央进行探察。在印第安人带领下，我们爬上一个十分陡峭的悬崖，它突兀地耸立在大海之上，他们告诉我们说，这是非常有名的“低语岩”。

此地的风景十分奇异，像山中的一个巨大盆地或是广场，在盆地的中央又有一块突起的岩石，像是放在上面的一张桌子。在桌子周围，山体呈现一级一级的阶梯状，像是戏院或斗兽场的椅子，只在一处山坡上有一条狭窄的裂缝，从裂缝中可以望见外面的大海。这场景看起来像是巨人国的会议厅，中央的石桌是演员演出或是发言人站立的地方。

我们问带路的人为什么这里叫做"低语岩"，他只说"到那了再告诉你"。

这个大盆深度和宽度都有好几米，我们爬到石头上，印第安人告诉我们说，在这里就算你和别人相隔很远很远，你也只能低声细语，站在盆地里的每一个人都能听得清楚。医生说这是因为四周的石头墙壁把声波来回反射。

我们的向导告诉我们，很久以前，当波普斯佩泰人统治着整个蛛猴岛的时候，历代国王都在这里加冕。那张桌子上的象牙椅就是国王坐的王位，因为场地足够大，岛上所有的居民都可以来这里观摩加冕仪式。

他们指着一块悬在火山口附近的巨石说，那是岛上的最高点。尽管我们距离很远，但还是看得非常清楚，仿佛手指轻轻一碰，它就会掉进火山似的。民间流传着一个传说：波普斯佩泰最伟大的国王在此加冕时，这块悬着的巨石就会滚进火山口，直达地心。

医生说他想走近一点观察这块巨石。

我们花了半天时间爬到了火山口，发现这块悬空的巨石大的离谱——有一座教堂那么大。往石头底下望一眼，我们看到的是一个无底的黑洞。医生向我们解释说，火山有时候就是从这些孔里往上喷火的，但是漂浮岛屿上的火山大多数是死火山。

"斯塔宾斯，"他抬头看着我们头顶的这块巨石说，"要是这石头掉下来，你觉得最可能发生什么事？"

"不知道，"我说，"会发生什么？"

"你还记得海豚们告诉我们的话吗？它们说这座岛的下面是充满空气的空洞。"

"记得。"

"那么，这块石头够重了，要是它掉进火山，也就是从上面掉进充满空气的洞里。一旦这种情况发生，肯定会把洞砸穿，那么洞里的空气就会漏掉，这座岛就不会再漂浮了，而是会沉没。"

"到那时，岛上的人都会被淹死，不是吗？"棒波说。

"噢，那倒不一定，要看在哪里下沉，下沉的地方海水有多深。这座岛也许刚刚下沉一百英尺就触到海底了，那么岛屿的大部分还是露在海面上的。”

“没错，”棒波说，“我想应该是这样。哎，希望这块巨石永远不要失去平衡，因为我可不认为它会刚好在地心停住，它更可能穿过地面，从另一头滚出去。”

这些印第安人还带我们参观了岛屿中央很多其他壮丽新奇的景观，在这里就不一一详述了。

我们下山后，又回到小船上。我们发现，我们爬了那么高的山，逗留了好几天，那几个贾格德拉格人还一直跟在我们后面。我们继续航行，他们也跟着朝波普斯佩泰村前进。因为他们的船只更加轻便，他们甚至比我们划地更快，已经划到我们前面去了。这样看来，他们如果是去波普斯佩泰，要比我们早到好几个小时。

这时候医生开始担心长箭的伤势，于是我们轮流划桨，借着朦胧的月光，划行了整个晚上。

天刚破晓，我们就抵达了波普斯佩泰村。

出乎我们意料，不只是我们日夜兼程地赶路，村里的人也都一夜未眠，死去首领的房门口围了很多人。我们把船在岸边停好，就看见一大群老年人——都是部落里的长者，从大门里出来。

我们打听发生了什么事情，被告知村里一整晚都在选举新一任的村长。棒波问新村长是谁，但是好像结果还没有出来，据说中午才公布。

杜利特立刻去看望了长箭，他的伤势恢复得很好。接着，我们又回到在村子另一头的我们自己的房子，吃过早饭，大家就都躺下来休息。

我们的确需要休息，自从登陆这座岛屿以来，我们马不停蹄地应对各种麻烦。所以当我的头一沾枕头，就呼呼大睡起来。

第九章

选　　举

我们被一阵音乐声吵醒。正午的阳光明晃晃地照进门，门外像是有乐队在演奏。

我们爬起来朝外看，屋子外面围满了波普斯佩泰人。我们已经习惯了有这么多好奇又充满敬仰的印第安人整日整夜地守候在门外，但是这一次不同。人们穿着最华丽的衣服，戴着最明亮的珠子和最绚丽的羽毛，披着色彩缤纷的毯子，每个人脸上都洋溢着欢乐的笑容，他们在乐队的伴奏之下载歌载舞。

我们看见了波利尼西亚，在我们睡觉的时候它已经从贾格德拉格飞回来了，正站在屋前的门柱上观看表演呢。我们问它为什么今天像过节一样热闹。

“选举结果刚刚公布，”它说，“中午就会公布新一任村长的名字。”

“新村长是谁?”医生问。

“是你。”波利尼西亚慢条斯理地说。

“我!”医生倒吸一口凉气，“天哪，这都是怎么回事!”

“没错，”波利尼西亚说，“就是你，而且，他们已经替你改了姓了。他们觉得一个如此伟大的人叫做杜利特不太合适，也不够尊重。所以现在起你就叫‘穹多斯’，怎么样，你喜欢吗?”

“我可不想当什么村长，”医生有点狂躁地说。

“恐怕现在不想当也得当了，”它说，“除非你愿意坐上他们摇摇晃晃的小木筏起航。你知道吗，你不仅被选举为波普斯佩泰村长，你还有可能成为蛛猴岛的国王。贾格德拉格人已经赶在你之前派人来送信了，他们希望你当他们的头儿。昨晚他们得知你当选为普斯佩泰村长的消息，非常失望，于是他们决定放弃自己独立的部落，要和波普斯佩泰合并成一个部落，这样你就可以成为蛛猴岛的国王。所以，真是盛情难却啊。”

“哦，天哪!”医生咕哝到，“我倒希望他们不要这么热情! 太让人头疼了，我不想当国王。”

“医生，”我说，“你该感到骄傲和高兴，我也希望能有机会当国王。”

“噢，我知道这听起来很棒，”他一边穿靴子一边沮丧地说，“但问题是，当国王就得肩负责任，不是说来就来说走就走的，我有自己的工作要做。从我登上这座岛屿以来，我根本没时间研究博物学，一直在做着应该是别人做的事。现在他们还想让我继续做这些！知道吗，如果我真的当蛛猴岛的国王，那就意味着我的博物学家生涯终结了，我将日理万机。那样，我就只能当一个国王。”

“喔，那也不错啊，”棒波说，“我父亲是国王，拥有一百二十位太太。”

“那更糟糕，”医生说，“糟糕一百二十倍。我有自己的工作要做，我不想当国王。”

“快看，”波利尼西亚说，“他们的头领要来宣布选举结果了。快起来，把鞋带系好。”

这时，门前的人群让开一条路，部落里一位享有名望的老年人朝杜利特走来。走在最前面的是一位满脸皱纹但相貌堂堂的印第安老人，他手捧木质王冠。虽然是木头做的，但是这顶王冠做工精致，款式华丽，涂着鲜艳的色彩，还刻着花朵，正前方插着的两根蓝色羽毛随着老人的步伐而颤动着。老人后面跟着八个身强力壮的年轻人，抬着一副滑竿，像顶轿子。

老人走到杜利特跟前，单膝跪下，头几乎都碰到地面，而杜利特正站起来匆忙地整理衣领和领带。

“尊敬的陛下，”他说，“我们带来了蛛猴岛全体人民的心意。您功绩卓越、智慧超群、心灵善良，您对我们的恩惠比海深。我们的老村长已经去世，我们正在呼唤一位新领袖的诞生！过去，贾格德拉格人以我们为敌，因为您的缘故，他们与我们成了兄弟和朋友。他们热切地期盼能够沐浴在您温暖的笑容下。您看，我为您带来了波普斯佩泰王冠。在古代，在这座岛屿统一时期，我们的国王曾戴过它，之后就无人问鼎了。噢，仁慈的人啊，我们受岛上所有人的一致委托，带您前往‘低语岩’。在那里，我们将满怀敬仰和庄严，加冕您为我们的国王——漂移岛屿之王。”

这些善良的印第安人根本没有考虑过医生会拒绝加冕。至于可怜的医生，我从没见他这样沮丧。这也是我唯一一次看到他那样焦虑。

“喔，天哪！”我听见医生嘟哝着，他四处张望想找个地方逃掉，“我该怎么办？你们谁看见我把那颗饰纽放在哪里了？没有饰纽我怎么把领子扣起来？今天真是糟糕……也许掉到床底了，棒波……我还以为他们会给我一两天时间考虑考虑。谁听说过一大早刚睡醒，脸都没洗，就被告诉即将成为一个国王？你们有谁能帮我找找扣子吗？也许你踩在脚下了，棒波，把脚拿开。”

“喔，别拿你的扣子出气，”波利尼西亚说，“没有扣子你也可以加冕，没什么区别。”

“我告诉你我不会去接受加冕，”医生叫道，“我当不了国王。我会为他们做个演讲，也许他们会满意。”

他转过身对站在门口的印第安人说：“我的朋友们，我不值得你们如此厚爱，在治国之道上，我毫无建树。我深信，在你们之中有很多勇敢的人比我更适合做你们的领袖。我感谢你们对我的信任和给予的信心，但是，我恳请不要赋予我如此重大的责任，我可能不能胜任。”

那位老人大声向他身后的人们重复了医生的发言。大家纷纷摇头，一步也不肯离开。

老人又转向医生说：“您就是被选中的人，他们只要您做首领。”

这时，医生不知所措的脸上突然闪现一丝希望。

“我要去见长箭，”他悄悄跟我说，“也许他能想到办法帮我。”

他请人们稍等片刻，就把他们晾在门口，自己则赶快朝长箭的屋子奔去。我跟上了他。

到了长箭家，我们见我们的这位大块头朋友正躺在屋子外面的草坪上，他移到外头肯定是想观看这盛大的活动。

“长箭，”医生用鹰语快速说着，以防被旁边的人偷听，“我身处险境，特地来找你帮忙。这里的人让我当国王，要是真那样，我所有想做的伟大的博物学研究就都泡汤了，想想看，还有比国王更没有自由的人吗？我恳请你跟他们谈谈，说服他们，告诉他们虽然用心良苦，但是他们这样做事不明智的。”

长箭用胳膊支起身子说：“哦，仁慈的人啊（这似乎已经成了和医生谈话的口头禅了），很抱歉，对您提出的第一个请求我恐怕无能为力。哎，我帮不上忙，这里的人心意坚定地坚持要您做国王，要是我出言反对，他们会把我驱逐出境，到最后可能还是会为您加冕。你必须得当国王，就算是暂时的。我们可以合理安排政务，让您有时间进行博物学研究。然后我们再制定个计划，让您摆脱王位的重负，但现在，您只能答应他们的请求当国王。这些人意志强大，他们会用他们的方法让您当上国王的，没有其他办法了。”

医生伤心地从长箭床边转过脸来。此时，那位老者已经来到了他身后，他满是皱纹的手里仍旧捧着那顶王冠，他身边跟随着皇家轿队，轿夫们向医生深深地鞠了一躬，请他上轿。

医生再一次环顾四周，希望渺茫地想找地方逃跑。我想有那么一刻他直想撒腿就跑。但是人群已经把我们四周围的水泄不通，任谁也难以突破。附近的乐队突然吹起哨子打起鼓，奏起了庄严的音乐。医生最后又转身，用祈求的眼神望着长箭寻求帮助，但是大个子印第安人只是摇摇头，也和轿夫一样指了指正等着他的轿子。

最后，医生差不多是含着泪缓慢地上了轿。当轿夫把轿子举起来扛在肩上的时候，我还能听见医生用微弱的声音嘟哝着："真是麻烦！我不想当国王！"

"再见！"长箭躺在床上说，"愿好运常伴您皇权左右！"

"来了！来了！"人们低语，"让开！让开！去'低语岩'！"

于是，人群组成的游行队伍离开了村子，急急忙忙地朝山上赶去，以确保能在那儿找个好位子观看加冕典礼。

第十章

国王穹的加冕礼

在我漫长的一生中，见识过许多壮观雄壮、激动人心的事和物，但它们给我留下的印象还不及国王穹加冕那天低语岩广场盛况的一半。棒波、齐齐、波利尼西亚、吉普和我最后都抵达那个令人头晕的盆地边缘，我们朝下一望，好像一片一望无际的铜色脸庞组成的海洋，广场上所有座位都坐满了，岛上所有男人、女人和孩子，都来观摩加冕典礼，就连长箭也被人连病床一起抬过来了。

这一刻，广场上一片寂静，连一根针掉在地上都能听见。这场景真让人毛骨悚然，像凉风嗖嗖地往后脊梁灌。棒波后来告诉我说，他当时震惊地快不能呼吸了，更说不出话来，他之前真没想到这座岛上有那么多人。

远远地，我们看到王位桌旁边立了一根崭新的图腾柱，色彩鲜艳夺目。印第安家庭都有自己的图腾柱，立在自家门前。图腾柱的意义有点类似门牌或名片，图腾柱的雕刻描绘了主人的言行品质。这根装饰精致、比其他图腾柱要高一些的是属于杜利特的图腾柱，或者说属于今后将被称为“皇家多斯”的图腾柱。上面雕刻的全部都是动物，以此表示医生在动物学方面学识广博。选作图腾图案的动物在印第安人看来，都寓意优秀的品质，例如代表速度的鹿、代表坚韧的公牛、代表谨慎的鱼等等。在图腾柱的顶部通常会雕刻上令主人家倍感骄傲的动物或标志。在这个多斯图腾柱顶端是一只巨大的鹦鹉，这是为了纪念“鹦鹉和平条约”。

象牙王位已经用喷香的油料抛光打磨过了，在强烈的阳光下闪闪发光，洁白透亮。王位脚下洒满了大量姹紫嫣红的花枝——因为岛上气候回暖，山谷里又变得山花烂漫了。

没多久，我们就看见皇家轿夫抬着医生，沿着歪歪扭扭的台阶缓缓地走上来。从远处看，医生圆圆的身形那么渺小！那王位原来是为腿更长的国王准备的，医生坐上去，脚还够不着地面，距离最高台阶还有六英寸，只能悬空着。

接着，那位老者转过身来看着人群，以一种十分平稳的语调讲话，但他说的每一个字都能够听地清清楚楚，即便“低语岩”广场最远的角落也不例外。

首先，他回顾了曾经在象牙王位上加冕过的波普斯佩泰历任国王。他赞美了波普斯佩泰族人取得的各种胜利和经历的各种艰辛磨难。接着，他朝医生挥了挥手，开始回顾这位准国王的英雄事迹。我得声明，他的英雄事迹显然早就超越之前的国王了。

老者一说起医生为部落做出的伟大贡献，一直保持肃静的人群开始朝着王位挥舞右手。广场上呈现出一幅十分奇特的画面：无数只手不停地挥舞，全场却仍然一片静寂。

最后，老者结束了他的讲话，起身走到王位边，非常恭敬地替医生摘掉他那顶破旧的高帽。老者准备把它放在地上，但医生很迅速地从他手上拿走帽子，把它放在自己的膝盖上。接着，老者捧起神圣的王冠，戴在医生头上。这王冠的尺寸并不合适（它是为小脑袋国王定制的），当阳光普照的海面有新鲜的海风风吹过来时，王冠总显得摇摇欲坠。但无论如何，王冠看上去十分华丽。

老者再一次转向人群说道：“波普斯佩泰的子民，这就是你们选举出来的国王！你们满意吗？”

终于，人们爆发出巨大的声响，叫喊着：“穹！穹！国王穹万岁！”

这突然爆发的巨大声响打破了之前的宁静，声音震天响，仿佛数百枚大炮同时开火。在那里，一阵耳语都能传到几米之外，这样惊天动地的声响造成的震撼力，就像拳头来来回回地甩在每个人脸上。我想这阵巨响的回声将回荡在整个岛屿，穿梭响彻无数低谷，轰响在遥远的海蚀洞穴，许久都不会消逝。

突然，我看见老者指着我们头顶上的最高峰。就在我转身朝上看的时候，那块悬空的巨石正慢慢地消失在视野——它正滚向火山的心脏地区。

“看到了吗，移动岛屿之王诞生了！”老者喊了出来，“石头掉下来了，我们的传说成真了！今天接受加冕的正是万王之王！”

医生也看见石头掉落，他站起来满心期待地望着大海。

“他在想岛屿下面的空洞，”棒波在我耳边说，“希望这里的海不是很深。”

足足一分钟过后（那块石头掉到那么深的洞里，花了这么久），我们听见遥远而沉闷的、嘎吱嘎吱的撞击声。紧接着，是一阵气体泄漏的吱吱声。医生脸色紧张焦虑，重新坐在位子上盯着海洋里蔚蓝的海水。

没多久，我们就感觉到岛屿在缓慢地下沉。我们看见海岸在消失，海水蔓延到小岛上——一英尺、三英尺、十英尺、二十、五十、一百！谢天谢地，就像一只蝴蝶轻轻地落在一朵玫瑰上，岛屿停了下来，不再下沉。蛛猴岛停驻在大西洋沙质的水底，陆地终于再次连接陆地。

当然，许多靠近海边的房屋都被海水淹没了，波普斯佩泰村庄完全消失了。但这不要紧，毕竟没有一个人溺亡，因为岛上所有人都在高高的山顶观看国王加冕典礼。

那时候，印第安人当然感觉到脚下的土地在下沉，但他们并不知道究竟发生了什么。医生后来告诉我们一定是巨大的叫喊声把巨石震动了。不过，在波普斯佩泰部落的历史中，这个故事是这样被传承下来的（时至今日，当地人民依然对此深信不疑）：当国王穹站上王位，他无上的能量使整个岛屿也倍感崇敬，于是它自动下沉，并且从此以后再没有移动过。

民间流传着一个传说：

波普斯佩泰最伟大的国王在此加冕时，

这块悬着的巨石就会滚进火山口，

直达地心。

第六部分

第一章

新波普斯佩泰

穹多斯统治他的新王国还没有几天，就彻底颠覆了我过去对国王和国王生活的理解。我以前觉得所有的国王只需要坐在王位上，接受臣子们三拜九叩。现在才知道，国王是天底下下工作最辛苦的人——如果他真的认真履行国王职责的话。

一周七天，每天一大早就要起床，一直要忙到深夜才上床睡觉。约翰·杜利特日理万机，有忙不完的工作。首先，要建新的城镇。原来的波普斯佩泰村子被海水淹没了，新波普斯佩泰亟待建设。新城镇的选址非常谨慎，最终选在了一条大河的入海口处，是一个非常美丽的地方。那里，小岛海岸形成了一个非常可爱的港湾，不论小舟还是大船，只要它们到来就可以安稳地在此抛锚休息，不必担心暴风雨的侵袭。

在建设新城镇的过程中，医生给印第安人出了很多新主意。他告诉印第安人什么是下水管道，每天都应该将垃圾分类焚烧。他在高山上截住溪流造出一个大湖，为城镇提供饮用水。印第安人对这些新鲜事物闻所未闻，而正因为建立了合理的排污排水体系、有了干净的饮用水，以前困扰他们的许多疾病也不治而愈，并得以有效预防。

不会用火的民族当然没有铁器，因为塑造钢铁必须用火。约翰·杜利特首先去山上开展勘探，最后发现了铁矿和铜矿。接着他又教印第安人如何将铁融化并锻造成刀、犁、水管以及其他各种工具。

医生还全力戒除国王寝宫奢侈豪华、繁文缛节的传统。他对我和棒波说，要是一定让他当国王的话，他就要当一个民主的国王，亲切友好地对待他的子民，绝不趾高气扬、高高在上。当他绘制新城镇草图时，并没有为自己设计任何宫殿，只为自己在后街角留了一间小屋。

但是，印第安人无论如何也不同意他这样做。他们已经习惯了以隆重的皇家礼仪对待他们的国王，他们坚持说医生应当为自己建造一座有史以来最华丽的宫殿。别的什么都可以按照医生的意思来，但是他们决不允许医生破坏皇家礼仪。在他的宫殿里要有一千名仆人日夜伺候他；必须建造一艘红木抛光的豪华皇家游船——七十英尺长，以玛瑙镶嵌，一百名岛上最强壮的人负责划桨；皇家花园占地一平方英里，一百六十名御用花匠负责打理维护。

就连穿衣打扮上，可怜的医生也总是被强迫着穿上一些十分华丽却很不舒服的衣服。他最爱的那顶破高帽现在已经躺在衣橱里，他只能偷偷瞅上两眼。无论什么场合，医生总披着国王的大披风。哪怕医生有那么一会儿的工夫溜出去做一做博物学研究，他也不敢穿自己的旧衣服，只能带着王冠抓蝴蝶，猩红色的大披风在他身后随风飘扬。

每天，医生总有履行不完的职责和解决不完的问题，它们一个接着一个，从解决岛内争端及边界问题，到调节互相扔鞋子引发的夫妻矛盾，事无巨细都要医生处理。皇宫东翼是审判庭，国王穹每天九点到十一点都要坐在那里，审议所有呈递到他面前的案件。

到了下午，他还要到学校讲课。他教的东西和你通常在学校里学到的不同，大人和小孩都去学。你知道的，这些印第安人很无知，很多白人小孩懂得的知识他们都不懂，当然很多他们懂得的东西也是白人成年人都不懂的。

我和棒波尽我们所能帮助医生讲学，像是帮着教教简单的数学什么的，但是像天文学、农业科学、育婴以及其他一些学科都由医生亲自教。印第安人学习热情很高，都是成群结队地来上课。所以，尽管开设的是露天课堂（当然正常的教室也不够用），医生还是不得不把他们分成五到六千人一批，分批上课，上课的时候医生得用扩音器或者大喇叭，才能让所有人都听到。

一天当中的其他时间，医生则忙着修路、造水车、探望病人等七七八八的事务。

尽管约翰·杜利特是不情不愿地当这个国王的，可一旦做起来，他总是做的非常棒。他不像历史上有些国王那样，热衷于发动战争、树立威严，但是随着我年事渐长，见识过许多其他国家的王国和政府后，我就发现国王穹多斯统治下的波普斯佩泰也许是世界历史上治理得最好的国家。

我们在岛上待了六个半月后，迎来了医生的生日。人们将这一天定为公共假日，大摆盛宴，载歌载舞，燃放烟火，热闹非凡。

那天，在各种活动接近尾声的时候，原先两个部落的重要人物组织了游行队伍，他们抬着一块黑檀木制作的油漆木匾穿过村里的街道，匾上绘着图画，记载着国王穹的事迹。他们为每一位古代国王保存下这样的纪念匾。

他们将匾挂在新皇宫的大门上方，并举行了盛大而庄重的仪式。然后，大家就围过去看起来。匾上共绘制了六幅画，分别记录了国王穹所做的六件大事，图下还写了一些诗歌用以诠释这些画面。以下就是翻译过来的诗歌：

一
登陆岛屿

他自未知的世界
由海豚一路护航
来到我们的国度
他是天赐之子
他是未来之王
棕榈也低下头颅
欢迎他的到来

二
偶遇甲壳虫

月色笼罩山峦
他同野兽交谈
害羞的“亚比兹”呀
给他捎来图形讯息
告诉他
巨大的灾难
正在哪儿发生

三
解救失踪的亲朋

他心怀仁慈

他充满力量
他劈开山峦如山药
失踪的人儿都归来
看他们歌舞同庆

四
取　火

这片冰冷的土地
一步步走向灭亡
他挥舞手臂
看哪！
漆黑的天幕下火光跳跃
太阳坠落
而火诞生
宜人的火光下
我们围坐一团
而他
推着任性漂移之岛
重回宁静的阳光海域

五
带领人们赢得战争

仅此一次
他亲切的面容上
眉头紧锁
邪恶的敌人
胆敢攻打
穹多斯领导的部落！

六

加冕之王

空中飞鸟欢腾
大海与海岸欢笑嬉闹
红皮肤人喜极而泣
因为我们有了加冕之王
他是建筑师
他是治疗师
他是老师
他更是我们的国王
是最杰出的王！
愿他万寿无疆
欢乐无垠
保佑这片土地
永享太平

第二章

思乡心切

皇宫里，我和棒波住的是一套非常漂亮的房间，波利尼西亚、吉普还有齐齐和我们住在一起。官方职务上，棒波是内务大臣，而我则是第一财政大臣。长箭在皇宫里也有自己的房间，但现在他出去旅行了，不在家。

一天，吃过晚饭后，医生到城里某处探望新生婴儿了，我们围坐在棒波会议室的大桌子边。我们每天如此，在这里谈论接下来几天的日程计划和国家要务，类似内阁会议。

不过今晚，我们谈论的是英国以及美食。我们已经有点厌倦印度食物了，你也知道，本地土著基本不会做饭。我们也试着培养一个皇家厨师，但是效果很糟，他们中的大多数是破坏美食的高手。有时候实在气不过，医生就会溜到宫殿的地下室，偷偷摸摸地烤些薄饼吃。医生自己就是个绝世好厨师，不过总会把厨房弄得乱七八糟，我们当然要小心谨慎地帮着收拾，以免被人发现。

正像我之前说的，今晚美食成为我们在内阁会议上讨论的主题，我还跟棒波提起我们在蒙特沃德的床具店里吃过的美味佳肴。

“我告诉你我现在最想吃的是什么吧，”棒波说，“一大杯浇满奶油的可可。在牛津的时候经常能喝到上等的可可。这岛上连一棵可可树都没有，也没有奶牛，真是太糟糕了。”

“你们觉得医生打算什么时候离开这里?”吉普问。

“昨天我刚和他聊过这个问题，”波利尼西亚说，“但是他没给我满意的答复，好像不太愿意谈这事儿。”

谈话突然停住了。

过了一会儿，我说：“你们知道我怎么想吗？我觉得医生压根就不想回家了。”

“天哪!”棒波叫起来，“怎么可能!”

“嘘!”波利尼西亚说，“什么声音?”

我们竖起耳朵听，在王宫的走廊尽头，侍卫喊道：“国王！让路！国王回宫了！”

“他终于回来了，”波利尼西亚小声说，“和平常一样迟。可怜的人哪，工作地这么辛苦！齐齐，快把烟斗和烟丝从柜子里取出来，另外，把他的睡袍拿来放椅子上。”

医生进来的时候，面色严肃、心事重重。他疲倦地摘下王冠挂在门后面的挂钩上，然后脱下国王披风，换上睡袍，一屁股坐在桌前的椅子里。他深深地叹了口气，开始点烟斗。

“呃，”波利尼西亚轻声地问道：“那个婴儿怎么样？”

“婴儿？”他心不在焉地重复，“啊，是的，好多了，谢谢，已经掉了第二颗牙了。”

接着医生又陷入了沉默，眼睛怔怔地盯着烟雾缭绕的天花板，我们也就在四周沉默地坐着。

终于，我忍不住开口说：“医生，在你回来之前我们就在想，你什么时候会再次启程回家呢？到明天，我们在这座岛上就已经待了整整七个月了。”

“喔，其实，今晚我也正想和你们谈谈这个问题，”医生隔了一会儿才说，“但是，呃……我可能很难让你们明白现在的情况。恐怕我很难放下手头的工作说走就走……你们还记得吗，一开始他们坚持让我当国王的时候，我就说一旦挑起这个担子就不容易放下了。这里的人们在很多事情上都开始依赖我、信任我。我们也都知道了，这里的人很无知，许多白人懂得的简单知识他们都不懂。有人可能会说，我们当然应该帮助他们改善生活，但要改变另一个民族的生活不是一朝一夕的事。而且，我们帮他们做出的改变究竟是好是坏，也需要时间来证明。”

他想了一会儿，接着用一种更加平静、也更为难过的声调说：“我想继续航行，也想继续从事博物学历史研究，我和你们每个人一样很想回到泥塘镇。现在正是三月，草坪上的番红花就要开了……但是我的担心也很现实：我不能甩甩手走人而置这里的人于不顾。我贸然离开，他们很可能回归原始的生活习惯和习俗，各种战争、迷信、魔鬼崇拜等等会接踵而来。而且，我们教给他们的新东西要是使用不当，也许会让他们的生活变得比之前更加糟糕……他们爱戴我、信任我，他们遇到问题和麻烦的时候总是来找我帮忙，没人会不公平地对待信赖自己的人……何况，我也爱他们，他们就像我的孩子。事实上就是这样，我没有自己的孩子，我很关心他们如何成长。你们明白我的意思吗？我怎能在孩子们还在蹒跚学步的时候，就离他们而去呢……我不能啊。我反复思考这个问题，希望找到最好的解决办法。我想我接受王冠时也就接下了这份重任，我必须要坚持下去。我想……我只能继续留下。”

“很好，你要在这待一辈子吗？”棒波低声问。

医生皱着眉头，没有说话。

过了一会儿，他说：“我不知道，不管怎样，现在是不可能离开的，这时候离开是不对的。”

接下来是一片充满伤感的沉默。最后，一阵敲门声打破了这沉默。

医生叹了口气，站起来把王冠和披风穿戴好后，又坐回椅子上。

“进来，”他喊了一声。

门开了，一个值夜班的男仆——那一百四十三个仆人中的一员，在门口弯下腰说：

“哦，尊敬的殿下，宫殿门口有一位旅行者想要求见。”

“我赌一先令，肯定又是哪家的宝宝出世了。”波利尼西亚喃喃自语。

“你有没有问那位旅行者的名字？”医生问。

“问了，殿下，”男仆回答，“是金箭之子长箭。”

第三章

红种人的科学

医生叫了起来:“长箭! 太好了! 快请他进来。”

“太高兴了,”侍卫一走,他就转过身对着我们继续说,“我太想念长箭了,有他在身边真是太好了,尽管他的话很少。让我想想,他去巴西已经有五个月了,很高兴他平安归来。虽然他够聪明,可划着他那只小船出游也是很冒险的。划着 20 英尺的小船横跨一百英里海域,这可不是开玩笑的事儿,我可不敢。”

又响起了一阵敲门声,大门在医生的回应下应声而开,门口站着的正是我们的大个子朋友,他坚毅的古铜色脸庞上洋溢着笑容,身后跟着两个脚夫,挑着捆在棕榈垫里的行李。跟大家打过在招呼后,长箭吩咐脚夫把行李卸下来。

“瞧啊,仁慈的人,”长箭说,“我遵守承诺,给您带来了我藏在安第斯山的各种植物,这些宝贝是我一生劳动的成果啦。”

行李打开后,里面是很多小包裹,他们小心翼翼地把这些包裹整齐地摆在桌上。

一开始,这看起来就像一次规模庞大却令人扫兴的展览。展览品有植物、花朵、果实、树叶、根茎、坚果、豆子、蜜、树胶、树皮、种子、蜜蜂还有些别的昆虫。

学习植物,或者叫“植物学”,从来也没有引发我太多的兴趣。和动物学比起来,我觉得它是一门枯燥的学科。但是,当长箭拿起他搜集的各种植物并向我们一一介绍它们的特点时,我越听兴致越高。还不等他介绍完,我已经被他展现的神奇的植物王国迷住了。

他拿起一小袋大颗粒的种子说:“我把这些叫‘笑笑豆’。”

“它们有什么用?”棒波问。

“它让人大笑不止。”这位印第安人说。

棒波趁长箭背过身时,偷偷抓了三颗这种豆子吞了下去。

“啊哈!”长箭发现后说,“要是他先试试这豆子粉末的威力,他一定不会一次吃超过四分之一颗豆子。哎,希望他不要笑死就好。”

豆子在棒波身上发生的威力真是非同小可。一开始,他只是咧嘴微笑,接着开始傻笑,最后爆发出阵阵大笑,根本停不下来,我们不得不把他抬到隔壁房间的床上。后来,医生说要不是他体格强壮,一定会死于大笑不止的。即使到了第二天早晨,我们把他叫醒,他爬下床来的时候还在轻声地笑个不停。

再说说会议室的情况吧,长箭向我们介绍了一些红色的根茎,告诉我们这根加点盐和糖做成汤喝掉后,会让人以很快的速度和持久的耐力跳舞,他让我们试一试。但我们谢绝了他,有了棒波的前车之鉴,我们暂时都不想再尝试什么了。

长箭搜集的神奇又有用的东西数不胜数:一种藤类植物油,可以让头发一夜长长;一只和南瓜一样大的橘子,是长箭自己在秘鲁的山顶花园种出来的;一种黑色的蜂蜜,只要喝一小勺,就会让人一觉睡到天亮。他还带来了采这种蜜的蜜蜂和蜜蜂采集蜂蜜的花朵种子;一种让人歌唱时嗓音变甜美的坚果;可以为伤口止血的水草;治疗蛇毒的苔藓;预防晕船的地衣等等。

医生当然也很感兴趣。一直到清晨,他还在忙着回顾桌子上这些植物的功能特性,并逐一地按照长箭所描述的记录在笔记本上。

“斯塔宾斯,”他做完记录后说,“业务熟练的药剂师如果得到这些东西,一定会对世界药品和医学产生巨大影响。我想,这种安眠蜂蜜就可以取代我们目前正在使用的那些糟糕的药物。长箭其实已经创立了属于自己的药学。米兰达说的很对,他是一位了不起的博物学家,他的成就足够与伟大的瑞典博物学家林奈①齐名。总有一天,我要把这些有用的植物都带到英国。但是,何时呢?”他伤感地补充道:“是啊,问题是什么时候才能回去呢?”

① 全名卡尔·冯·林奈(1707—1778年),瑞典植物学家、冒险家,现代生物学分类命名的奠基人,他首先构想出定义生物属种的原则,并创造出统一的生物命名系统。

第四章

大　海　螺

自从那一次的内阁会议之后，我们很长时间都不敢再和医生提起回家的事情了。蛛猴岛上的生活井然有序地继续着，一月又一月，日子过得忙碌而愉快。伴随着圣诞节，冬天来了又去，不知不觉间，夏天也悄无声息地来到我们身边。

随着时光流逝，医生对这个大家族的事务越发地尽心尽力了，相应地，能够用来做他的博物学研究的时间也就越来越少。我知道他还是常常想起远在泥塘镇的房子和花园，想起他原来定下的计划和雄心壮志。因为我们留意到，时不时有什么东西勾起了他对英国和过去生活的记忆时，他会突然变得深沉和忧伤，但是对这些事情他绝口不提。我真的相信要不是后来出现了重大意外事件，要不是波利尼西亚的努力，他的余生就要在蛛猴岛上度过了。

那只老鹦鹉对岛上的生活已经厌烦透了，而且毫不避讳这种想法。

一天我和它在海边散步的时候，它对我说："我一想到声名赫赫的约翰·杜利特要在这些谄媚的土著人身上浪费宝贵的一生，我就觉得实在荒唐！"

那天早上，它看着医生正忙着监督新建的剧场——这里已经新建了剧院和会议大厅，它看到这场面很不高兴，开始恼怒起来，于是我就提议它和我去散散步。

我们坐在沙滩上休息时，我问它："你真的觉得他永远也不会再回泥塘镇了吗？"

"我不知道，"它说，"有一阵子我也相信，因为有那些被他留在屋子里的宠物，所以他会赶紧回去。但是自从去年八月米兰达捎信来，说家里一切都好，我的这种希望就破灭了。很久以来，我绞尽脑汁想要想个好办法。如果我们能想到什么事情把他的注意力重新引到博物学上来，我们就成功了——但必须是真正让他兴奋的大事件。可怎么做呢？"它心烦地耸耸肩："怎么办？他现在满脑子都是修路，还有教那些小屁孩学习一加一等于二！"

这一天，波普斯佩泰天气很好，温暖明媚，碧水黄沙。我懒洋洋地望着大海，想起了我的父母，想着他们会不会因为我离开太久而焦虑不安。波利尼西亚仍在我身边不断地低声抱怨，它的声音渐渐地和海浪拍打岸边的声音混淆起来，太阳照耀下的空气也发出阵阵芬芳。也许是它嘀嘀咕咕的低语和柔软的空气起了催眠的作用，我竟然不知不觉地进入了梦乡。谁知道呢？不过，在梦里，我梦见这座岛屿又开始移动，不是像以前那样漂移，而是突然的、猛烈的震动，像是被什么力量强大的东西举起来再放下。

我不知道自己睡了多久，是觉得有什么东西在啄我的鼻子，才突然醒过来。

“汤米！汤米！”(是波利尼西亚的声音)，“快醒醒！天哪！你这孩子，睡得连地震了都不知道！汤米，听着，我们的机会来了。快醒醒啊，看在上帝的份儿上。”

“怎么了？”我坐起来打了个哈欠。

“嘘！快看！”波利尼西亚指着海面悄声说。

我还没完全清醒，睡眼朦胧地朝海面望去。我看见在离海岸不到三十里的浅海处，有一个巨大的浅粉色贝壳，像一座圆顶的小房子，它高高地矗立在海面，拱形的外壳形成一道彩虹般美丽的曲线。它慢慢地移动，周围的海面就泛起雪白的浪花。这莫不是一场奇幻的梦吧？

“这到底是什么啊？”我问。

波利尼西亚悄悄说：“这就是千百年来水手们称作‘海蛇’的东西。我曾经在轮船的甲板上不止一次见过它，长长的身体，在海水里上上下下地翻腾不止。但是现在，这么近距离地看它一动不动，我强烈怀疑它就是菲特鱼跟我们提到过的玻璃大海螺。如果它不是闻名七大洲的那只独一无二的大海螺，你就叫我‘小嘴巴乌鸦’。汤米，我们走运了。现在我们的任务就是趁这只珍贵的海洋生物游回深海洞穴之前，赶快把医生找来。相信我，要是医生看到了它，我们离开这倒霉的岛就有希望了。你待在这儿盯着它，我去找医生。别动也不要出声，呼吸声也别太重——海螺非常胆小敏感，可能会被吓到。只要看着它就行了，我马上就回来了。”

波利尼西亚偷偷摸摸地沿着沙滩匍匐向前，直到有一丛灌木遮住它的身影，这才展翅朝城里飞去。我继续留在原地，出神地注视着这只不可思议的庞然大物在浅海嬉戏。

它移动地很缓慢，时不时地从水里抬起头来，露出长长的脖子和两

哪怕医生有那么一会儿的工夫溜出去做一做博物学研究，

他也不敢穿自己的旧衣服，

只能带着王冠抓蝴蝶，

猩红色的大披风在他身后随风飘扬。

只触角。有时候，它会试着拉动身体，就像海螺准备移动时那样，但是每次都是刚起来就又沉下去了，看起来筋疲力尽的样子。我觉得它身子底下似乎是受了伤，但是它身子下半部分都在水下，我看不见。

我正聚精会神地看，波利尼西亚就带着医生一起回来了。他们过来的时候小心翼翼、无声无息，等我发现的时候，他们已经蹲在我身旁了。

一看到这只海螺，医生立马像变了个人似的，眼睛里闪烁着喜悦的光芒。从我们上岛第一天抓到"亚比兹"虫以来，我从没见他这么高兴过。

"就是它了，"他小声说，"这就是玻璃大海螺，毫无疑问。波利尼西亚，到海边看看能不能找几只海豚来。也许它们可以告诉我这只海螺在这里干吗，它到这样浅的海域太不寻常了。斯塔宾斯，你回港口找一条小船，但是划到这海湾的时候要特别小心，要是海螺受惊游回深海里了，我们恐怕再没机会看到它了。"

"还有，不要告诉任何印第安人，"我准备走的时候，波利尼西亚又交代了我一下，"我们得保守秘密，要不然不出五分钟，这里就会挤满了看热闹的人。我们能在这个安静的海湾见到海螺很幸运。"

到了港口，我从停靠在那儿的很多船只当中，选了一艘非常轻便的小船，没告诉任何人我要干什么，就跳进小船向海湾划去。

我特别担心我划过去的时候海螺已经离开了。你可以想象，当我绕过岩石林立的海角，看见海螺仍然矗立在那里，别提有多高兴了。

我看见波利尼西亚已经在我之前完成任务了，它带回来两只海豚，这会儿正在跟医生低声交谈。我赶紧把船停靠在海滩，走过去听他们说了些什么。

"我想知道，"医生正在说，"这只海螺是怎么到这里来的。据我了解，它通常都待在深海洞穴里，就算它游到海面，一般也是在海中央。"

"喔，你不知道吗？你都没听说？"海豚回答说，"你们的海岛下沉的时候把那个深洞的洞口堵住啦——就像给瓶子盖了个盖子。那时候，洞里的鱼都想方设法地要出来，大海螺是最倒霉的一个了。那天晚上它正好出来散步，这座岛就沉下来了，刚好把它的尾巴压住了。它整整被困在那儿六个月，一直在想办法挣脱，最后，它只能把整座岛屿的一端抬起来，好让自己的尾巴出来。大约一个小时之前，你没感觉类似地震的动静吗？"

"是的，感觉到了，"医生说，"把我正在建的剧院都震塌了一部分。"

“那就对了，那就是海螺正举起岛屿逃出洞穴。”它们说着，“它把岛屿抬起一角的时候，其他的鱼类也伺机逃了出来。多亏了这只海螺够大够强壮，不然它们也没机会逃生。但是那奋力一举也让它受了伤，它尾部肌肉拉伤，现在肿胀地厉害。它就想找个安静的地方休息，看到这片柔软的沙滩比较方便，它就爬上来了。”

“天哪！”医生说，“真是太抱歉了，海岛下沉的时候我应该提醒一下的。可是说实话，当时我们自己也不知道岛要下沉了，那是个意外。你知道这个可怜的家伙伤的有多严重吗？”

“我们也不确定，”海豚说，“因为我们都不懂它的语言。不过，我们过来的时候从它旁边游过，似乎伤势不是太严重。”

“你们中没有人会讲海螺话吗？”医生问。

“一点儿都不会，”它们说，“海螺语言艰深难懂。”

“你们能帮我找到会说海螺语的鱼类吗？”

“不知道，”海豚说，“我们可以试试。”

“如果你们愿意，真是感激不尽哪。”医生说，“我有很多重要的问题想要问它，而且，我也想尽我所能帮助它疗伤，这是我唯一能为它做的了。不管怎样，是我间接地让它受伤了。”

第五章

终于解开了海贝之谜

于是，杜利特带着王冠坐在海滩上等候。整整一个小时，海豚来来回回，从深海带来各种不同的海洋生物，看看它们能不能帮得上忙。

海豚带来的生物千奇百怪，但是，好像除了海贝本身之外，很少有动物会说海贝的语言。不过，后来海豚发现了一个老海胆(是个样子滑稽、圆圆的小个子，浑身长满了胡须)，它说它虽然不会讲纯正的海贝语言，但是年轻的时候懂一些海星语言，沟通是没问题的。这虽然不是什么令人欣喜若狂的发现，至少离目标近了一步。把海胆带到我们身边后，海豚又赶紧去找海星了。

因为这一带的海域海星很普遍，所以海豚很快就找来了一只。接着，我们让海胆当翻译，询问起海星来。海星有点笨，但是也在尽力地帮我们。通过耐心的交谈，我们高兴地发现，它的海贝语言说得相当好。

医生和我备受鼓舞，我们上了小船，海豚、海胆还有海星在小船旁边跟着，我们很缓慢、很小心地靠近大海螺，直到来到它巨塔一样高高耸立的贝壳下。

接下里的对话是我迄今为止见证过的最有意思的谈话了。首先，海星问海螺一些问题，然后，海星把海螺的回答原原本本地翻译给海胆，海胆再把话翻译给海豚，最后海豚把这些话翻译给医生。

就这样，我们获得了大量珍贵的资料，大部分是关于动物王国的远古历史。不过，由于海星有些蠢笨，再加上在几种语言之间反复翻译，大海螺长篇大论中很多精彩的细节都被遗漏了。

当大海螺讲话的时候，我和医生也会把耳朵贴到它的贝壳上，我们觉得这样可以更清楚地听到它说话时的声音。确实像菲特鱼所说，它的声音深沉如钟，当然了，我们一个字儿都听不懂。不过能靠这么近学习他梦寐以求的海贝语言，医生非常兴奋。而且，不久，经过其他鱼类不断重复大海螺说过的一些短句，医生也开始学着自己用短语拼句子啦。你看，他已经非常熟悉一两种鱼类语言了，这也给了他不少帮助。

他就这样练习了一会儿之后，就把船的一边微微倾斜，把脑袋伸进水里，试着和大海螺直接对话。

这是一项艰难的工作，过了好几个小时，也不见成效。但是，渐渐地，我发现他脸上浮现出喜悦的笑容，我知道他正一点点地接近成功。

夕阳西下，清凉的晚风徐徐袭来，温柔地吹过竹林。这时候，医生终于停下工作，转过头来对我说："斯塔宾斯，我已经说服海螺爬到岸上干燥的地方，好让我为它检查一下伤口。你能不能回城里一趟，告诉建筑工人们今天暂停建造剧院？然后再去皇宫把我的药箱拿来，我想我应该是把它放在觐见大厅的王座下面。"

"记住啊，"我正要离开，波利尼西亚跟我说，"不要和印第安人提一个字！要是有人问你，你要守口如瓶，假装你牙疼或是什么的。"

这一回，等我拿了药箱赶回海滩的时候，我发现海螺高高地矗立在干燥的沙滩上。只要看看它整个身长，就很容易知道为什么古代迷信的水手们会把它叫做"海蛇"。它确实硕大无比，但也有着独特的魅力，是一种优雅美丽的生物。约翰·杜利特正在给它肿胀的尾部做检查。

医生从我拿来的药箱里拿出一大瓶外用涂擦药，开始在海螺扭伤的地方涂抹起来。接着，他拿出袋子里所有的绷带，把它们连接起来给海螺包扎。但就算这样，长度也还不够缠绕海螺巨大尾巴的一半。医生坚持无论如何也要把肿胀的部分包扎起来。所以，他又叫我回皇宫把壁橱里所有的亚麻床单都拿了过来。然后，波利尼西亚和我一起把这些床单撕成绷带，经过一番艰苦的努力，我们终于把海螺肿胀的地方包扎地令它满意。

海螺对医生的治疗非常满意，治疗结束后，它懒洋洋地伸了伸懒腰。这时候，它背上的壳完全空着，从我在的位置可以很清晰地透过壳看到对面的棕榈树。

"我想今晚我们得有一个人看护他，"医生说，"可以让棒波来值夜班，我知道他整天都在打盹——就在避暑屋里。海螺扭伤很严重，要是它疼得睡不着觉，有人陪在身边它也会开心点儿。不过，我想它的伤用不了几天就会痊愈的。要不是太忙，我就来陪着它了。我真希望能来陪它呢，我还有很多事情想和他聊聊。"

"可是医生，"我们准备回城的时候，波利尼西亚说，"你也该放个假了。所有的国王都会时不时地放假休息——无一例外。就拿国王查尔斯来说吧，当然了，查尔斯的时代比你早一些，但是，他一天到晚都在度假！他可能不是你心目中的模范国王，但是他也广受爱戴，人们都喜欢他——包括汉普顿宫鱼池里的金鱼。作为一位国王，我唯一不赞成他的做法就是他弄来一种笨乎乎、闹哄哄的小狗，叫做查尔斯国王的西班牙猎犬。在我看来，这是他做过最糟糕的事情，但这并非重点。我的意思是，国王也和普通人一样，需要放假、需要休息，而自从你加冕以来，就从没休息过，不是吗？”

“是的，”医生说，“我想的确如此。”

“那么现在，我告诉你怎么做，”它说，“回到皇宫后你就发布一个公告，就说为健康着想，你要到乡下调养一个星期。而且，你不会带任何随从，你明白不，就像一个平民一样，这叫微服私访。其他国王都是这样做的，只有这样他们才能开心地玩一玩。这样的话，这一个星期就可以尽情地和海螺待在海滩上了，你觉得怎么样？”

“我很想这样做，”医生说，“这听上去很有吸引力，但是新剧院还没建好，我不在的话，没人知道怎么装椽，我得给他们示范。而且，还有刚刚出生的婴儿，这些土著妈妈都太无知了。”

“喔，讨厌的剧院，讨厌的婴儿，”波利尼西亚打断他说，“剧院工期延迟一个星期不要紧。至于那些婴儿，无非是一些肠道感染。在你没来之前，这些孩子不是活的好好的吗？看在上帝的份上，你就休个假吧……你需要休息了。”

第六章

最后的内阁会议

从波利尼西亚说话的样子，我猜得出所谓的休假是它计划的一部分。

医生没有回答，我们默默地朝城里走去。但我看得出，波利尼西亚的话对医生产生了影响。

吃过晚饭后，他一声不响地就从皇宫消失了，没向任何人交代去哪里——以前他从不这样。当然了，我们都知道他到哪里去了：回到海滩和海螺待在一块儿。我们对此确信无疑，因为他都没有叫棒波去看护。

那天晚上，会客室的门一关，我们就开起了内阁会议。波利尼西亚首先发言了。

“请注意，各位伙计，”它说，“不管怎样，我们必须要让医生休这个假，除非我们愿意在这鬼地方待一辈子。”

“有什么不同呢？”棒波问，“就算他休假了又能怎么样啊。”

波利尼西亚不胜其烦地转向这位内务大臣：“你没看见吗？如果有一个星期的时间，让他全身心地投入到他所热爱的博物学研究中，重燃梦想——他对海洋生物的兴趣，探索海底世界的梦想等等，那么，他也许会改变主意，决定离开这里了。但是现在，他肩负国王的使命，一天到晚忙个不停，除了国事以外，根本无暇顾及其他的事儿！”

“是啊，他太敬业了。”棒波补充说。

“而且，”波利尼西亚继续说，“他离开这儿的唯一办法就是偷偷溜走。他要在度假的时候离开，也就是趁微服私访的时候走。那时候除了我们，没人知道他在哪儿、在做什么。要是他建一艘能够穿洋过海的大船，所有的印第安人都能看见，也能听见他在造船，那么，他们一定会问他建船干什么。他们会横加阻挠。为什么？因为我相信只要他有丝毫想要逃跑的意思，他们一定会把他拴起来。”

“是的，我想他们会这么干，”我表示同意，“可是没有船的话，我实在想不出医生该怎么离开，即便是秘密离开。”

“那么，让我告诉你吧，”波利尼西亚说，“要是我们成功说服医生休假了，下一步就是要让大海螺答应用它的大壳把我们带去泥塘镇河的入海口。如果海螺能答应，我敢肯定医生会来的。这种诱惑力太大啦，尤其是他不仅可以把长箭搜集到的各种植物和药物带回去，给英国的医生，还可以沿途探寻海底世界！”

“太激动人心了！”我大叫，“你是说大海螺会驮着我们一路从海底回到泥塘镇？”

“当然！”波利尼西亚说，“这点旅程对它来说不算什么。它从海底爬过去，医生正好可以观赏海底景观，再简单不过了！喔，只要我们说服他休假，同时大海螺答应带我们一程，约翰·杜利特肯定会回去的。”

“天哪，我希望它会答应我们，”吉普叹了口气说，“我已经厌倦了这些野蛮的热带人，他们让人慵懒、无所事事。这里连只老鼠也没有，就算有也没力气去追。哎，要是能再见到泥塘镇，见到我们的花园，那该多好啊！哒哒看到我们回去肯定很高兴！”

“到下个月底，”我说，“我们离开英国就满两年了，从我们在金斯桥起航，跌跌撞撞驶进大海开始算起。”

“还陷入泥潭。”齐齐说，声音听起来遥远而梦幻。

“你们还记得河岸上人们朝我们挥手的场面吗？”我说。

“记得。我想镇上的人肯定经常谈论起我们，”吉普说，“猜想着我们是死是活呢。”

“别说了，”棒波说，“太伤感了，我都要哭了。”

第七章

医生的决定

哇，你能想象我们第二天早上有多高兴吗？医生与大海螺交谈了整晚，告诉我们说他决定休假了！传达公告的人立刻在全城发布公告，说国王陛下要到乡下休养一个星期，但是他离开期间，皇宫和政府办公室正常运作。

波利尼西亚非常满意，它立即开始悄悄安排我们离开的事情，趁现在还没有人察觉我们要去哪里，带了什么东西，我们什么时间离开，以及我们从皇宫的哪一个门离开等等。

波利尼西亚是一位心思缜密的谋略家，不会遗漏任何细节。就连我们都搞不清楚，它为什么做这样那样的准备工作。它把我叫到屋子里，告诉我有件事我必须牢记，就是要把医生所有的笔记本都带上。长箭是印第安人中唯一参与我们这次行动的人，他说要跟我们去海滩看看那个大海螺。波利尼西亚于是让他带上他搜集的所有植物。棒波被安排去拿医生的高帽，他小心地把帽子藏在自己的大衣下面。波利尼西亚还把所有当晚值班的侍卫都打发去执行任务，好让尽可能少的人看见我们离开。到了午夜，城里的人差不多都睡着了，它决定让我们趁这时候离开。

我们得为国王度假带足一个星期的食物。于是，午夜时分，我们扛着沉甸甸的行李，打开皇宫西门，十分谨慎地、无声无息地溜进了洒满月色的花园。

“踮起脚尖悄悄走啊。”我们轻轻关上沉重的大门时，棒波低声说。

没人看见我们离开了。

在孔雀台通往玫瑰园的石阶脚下，一种特别的情绪让我停住了脚步，回头望了望这座雄伟的宫殿，这是我们在这座神奇的、远离陆地的海岛上建造的宫殿，这里除了我们再没有其他白人来过。不知怎么，我内心深处总觉得我们今晚离开后，就再不会回来了。我还想，我们走后，会是什么样的国王和大臣居住在这座宫殿呢？空气温热，夜空下一切都寂寥无声，只有被驯服的火烈鸟在荷塘游动，溅起温柔的水花。突然，在柏树围成的篱笆角落出现了一位夜巡人，他手里的灯火忽明忽暗地闪烁着。波利尼西亚扯了扯我的裤脚，不耐烦地责备了我几句，让我在行动暴露前赶紧离开。

我们到达海滩时，大海螺已经好多了，移动尾巴的时候都不觉得疼了。

海豚还在隐约可见的海面徘徊，它们天生爱打听，想看看还有什么有趣儿的事情发生。波利尼西亚，这个谋略家趁医生以全副精力照料海螺时，招手示意海豚过来私下聊聊。

"现在你们瞧瞧这儿，我的朋友们，"它低声细语地说，"你们也知道约翰·杜利特为动物们倾心尽力，可以说付出了一生的心血。现在你们有机会为他做点事儿了。听着：他并不是心甘情愿地当这个岛屿上的国王的，知道吗？但是现在，他挑起了这副重担，他就感到自己不能轻易地离开，他认为印第安人没有他就活不下去了！我们都知道这想法太荒谬了。好吧，那么，重点就在于：如果这只海螺愿意用它的壳带上我们以及一点点行李——不是很多，也就三四十件吧，并载我们到英国，我想医生肯定愿意离开，因为遨游海底世界正是他的梦想啊！何况，这是他离开这座岛屿的唯一机会了。医生回到自己的国家，继续从事属于他自己的工作，这对于世界上的动物们意义重大。所以，我想请你们帮我个忙，让海胆告诉海星，再让海星告诉海螺，请它驮着我们去泥塘河。听清楚了吗？"

"很清楚，明白，明白，"海豚们连连说着，"我们很乐意尽最大努力说服海螺。因为，正如你所说，让这样一个伟大的人在岛上浪费生命实在太可惜了，而且动物们都很需要他！"

"还有，别让医生知道了，"波利尼西亚在它们离开之前交代说，"要是他知道我们在插手这事儿，肯定暴跳如雷，让海螺主动提出来带我们离开，明白吗？"

约翰·杜利特对这一切毫无所知，他正专心致志地站在没到膝盖的海水里，帮海螺试试它的尾巴，看看是不是可以自由活动了。棒波和长箭，还有齐齐和吉普都懒洋洋地靠在离海滩不远处的棕榈树旁。我和波利尼西亚也走过去和他们一起。大约半小时后，我们都不知道海豚是怎么做到的，反正医生突然从海螺身边朝我们跑来，他气喘吁吁，脚底下水花四溅。

"知道吗？"他大喊，"刚刚我和海螺聊天，它主动提出让我们坐在它的大壳里，带我们回英国。它说现在深海黑洞被堵住了，它也要去旅行

于是，

午夜时分，

我们扛着沉甸甸的行李，

打开皇宫西门，

十分谨慎地、无声无息地溜进了洒满月色的花园。

探索，找个新家。还说如果我们愿意，可以顺道把我们送到泥塘镇。天哪，多好的机会啊！我真想离开，去探索从巴西到欧洲的海底世界！还没有人这样做呢，真是无比荣耀的旅程！噢，要是我没答应做国王就好了！现在，我只能眼睁睁地看着这个一生难求的机会从身边溜走！”

说完他又转身离开我们，朝沙滩走去，一直走到沙滩中央，满心向往地痴痴望着海螺。他独自站在月光照耀的海滩，头戴王冠，波光粼粼的海水映衬着他黑色的身影，显得特别悲伤和孤独。

波利尼西亚从我身旁的黑暗里走出来，静悄悄地走到他身旁。

“那么，医生，”它以一种温和而略带说服的口吻说，像是在和一个任性的孩子说话，“你知道国王并非你今生真正的职责所在。这里的人们离开你也一样会生活地很好，也许不如你在的时候那么好，但是他们会想办法的，就像你来到这里之前那样。没有人会说你对他们不尽职责。这是他们的过错，他们非要加冕你为王。为什么不接受海螺的邀请，放下这里的一切，离开这里？你将要做的事，你带回去的资料，它们的意义和价值要远远大于你在这里所做的一切。”

“亲爱的朋友，”医生忧伤地转向波利尼西亚说，“我不能这么做。他们会过回古老的有碍健康的生活：喝不干净的水，吃不经烹饪的鱼，不排水，患上伤寒……我必须为他们的健康和福祉考虑。我本来就是个给人看病的医生，这更像是我终于又回归了老本行。我没办法抛弃他们。也许以后会发生其他事情让我改变想法，但现在，我不能离开他们。”

“这就是你不对的地方，医生，”它说，“现在就是你应当离开时候了，不会再发生什么事情了，你在这里待得越久，就越难离开。现在就走，今晚就离开。”

“什么？连句告别的话都没有就偷偷溜走吗？波利尼西亚，你出的什么主意？”

“他们才不会给你什么机会说再见！”波利尼西亚愤怒地说，它已经失去耐心了，“我告诉你，医生，今晚你要是再回皇宫，去跟他们道别或是什么的，你就得永远留在那儿。现在，此时此时，就是你应该离开的时候！”

老鹦鹉的话确实直击要害，医生站在那里一言不发地思索了一会儿。

“但我的笔记本都在皇宫呢，”过了一阵子，他说，“我得回去拿啊。”

“医生，我已经带来了，”我大声说，“全部都拿来了。”

他又沉思了一会儿。

“还有长箭的收藏呢，”他说，“我得把它们都带上。”

“都在这儿呢，仁慈的人。”棕榈树的阴影下传来长箭沉沉的声音。

“那么粮食呢？”医生问，“旅程中吃的食物呢？”

“我们有一个星期的口粮，为度假准备的，”波利尼西亚说，“足够了。”

医生再一次地沉默了，陷入思索。

“那么，还有我的帽子，”最后他焦虑地说，“这样：我回皇宫去拿，我不能没有那顶帽子，我总不能带着顶王冠出现在泥塘镇吧？”

“帽子在这儿呢，医生。”棒波从大衣底下拿出医生钟爱的那顶又破又旧的高帽。波利尼西亚确实设想地十分周到。

但是，即使这样，我们发现医生仍然在极力地找其他借口。

“噢，仁慈的人啊，”长箭说，“为什么要为坏运气冒险呢？你面前的路十分明了，你的命运和你的工作正在召唤你回到大海彼岸的故乡。我为全人类积累的所有知识也将由你带回去，在那里，这些知识能够比在这发挥更大的作用。我看见东方已经微白，天就快亮了。在你的子民到来之前赶紧走吧，在你的计划被发现之前赶快离开吧。我深信，如果你现在不走，你真的要在这里度过余生了，做个被俘虏的国王。”

伟大的决定往往都是在瞬息之间做出的。在已经泛白的天色衬托下，我看见医生突然挺直了身板，慢慢的摘下那顶华丽昂贵的王冠，把它放在沙滩上。

他开口说话时，声音因泪水而哽咽。

“他们会在这发现这个的，”他喃喃地说，“当他们找我的时候，他们会知道我已经离开了……我的孩子们，可怜的孩子们！我想他们永远都不能理解我为什么离开他们……我想他们永远都不会理解……也不会原谅我。”

他从棒波那接过帽子，接着他面对长箭，紧紧握着他的手，一言不发。

“您做了正确的决定，仁慈的人，”长箭说，“虽然没有人会比长箭——金箭之子更加想念您，但是，再见了，愿好运常伴您左右！”

这是我第一次也是唯一一次看见医生哭了。没有和我们说一句话，他就转身走下海滩，朝浅海走去。

海螺弓起了背，让它的肩膀和壳的边缘有一个空隙。医生爬上去钻进壳里，我们把行李递给他，也跟着爬了进去。随着一声汽笛一样的呼吸声，那条缝隙紧紧地合了起来。

接着，这个庞然大物调整了方向，向东方慢慢滑动，沿着海滩的斜坡潜进大海。

就在那一片深绿色的海水打着漩儿在我们头顶慢慢闭合的时候，朝阳也正从海平面上缓缓升起来。透过透明的海螺壳，我们看见周围的海水在阳光的照射下绽放出万道霞光，整个水底世界霎时间亮了起来，呈现出海底天亮时的美景。

接下来的故事就是我们回家途中的种种趣事了。

我们对这所新房子非常满意。贝壳里空间很大，贝壳宽阔的背部不管是坐是躺都很舒适，如果适应了它的阴冷潮湿，你就会觉得比沙发舒服多了。出发没多久，海螺就询问我们可不可以把鞋脱了，因为我们兴奋地从一头跑到另一头看风景，鞋底的平头钉把它的背磨疼了。

海底航行十分平稳，没有任何不舒服，事实上，外面的景色缓缓移动，你都感觉不出来在移动。

不知什么原因，我以前总以为海底是十分平坦的。现在才知道，海底和陆地一样，也是连绵起伏有高有低的。我们爬过重峦叠嶂的座座山峦；穿过满是高高的海洋植物的浓密森林；跨越沙漠般广袤无垠的泥沙大陆架——广袤地需要走上一天，放眼望去，除了远处的地平线，别无他物。有时我们还能碰见被苔藓覆盖的大牧场，满眼翠绿，赏心悦目，甚至会觉得在海底这片辽阔的草地上正有羊儿在吃草呢！有时，大海螺穿越陡峭的峡谷会突然下沉，我们几个就像豆子一样，在它的贝壳里四处翻滚。

在海底，我们常常能见到沉船的残骸，这些船不知道已经沉默了多少个年头，而路过时，我们总会连说话也压低嗓音，就像是孩子们在教堂参观遗迹一样。

在更深、更暗的深海里，身形巨大的鱼类，正安静地在岩石和洞穴间觅食，看到我们来了，它们吓了一跳，连忙箭一般地闪开，躲进暗处去。也有些胆子大的会专门游过来，透过透明的贝壳盯着我们看，它们形状各异、色彩斑斓。

“我想它们大概觉得我们是一种慵懒的鱼，”棒波说，“我可不想当鱼。”

海底的景观扑朔迷离、千变万化，令人兴奋不已。医生一直在笔记本上奋笔疾书或是细致地画图。没多久，我们带来的空白笔记本都被记满了。于是我们开始翻箱倒柜找遍所有衣兜和包裹，只要有纸片和纸团就都拿出来，以便让他记录。最后，他甚至不得不把用过的笔记本再用一次，扉页、行间、封底，前前后后都写满了。

我们面临的最大问题是光线不够。因为海底十分昏暗，这给医生写字记录带来了不便。到了第三天，我们终于遇见了一群火鳗——一种大型的海底萤火虫。医生请海螺邀请它们与我们同行一程，它们欣然同意，一直跟在我们旁边，它们身上的荧光虽然算不上明亮，但是已经起了很大作用了。

我们的大海螺是怎样在昏暗不清、形同迷宫般的深海里辨认路线和方向的呢？这一点我们一直十分困惑。约翰·杜利特问它是怎样识别方向的，它怎么知道哪儿是通往泥塘镇的正确道路。海螺的回答让医生激动万分，因为再没有纸张可供记录了，他竟然撕下了他心爱的帽子的内衬，在上面写写画画起来。

当然了，到了夜里就什么也看不见了。在最黑暗的一段路程里，海螺就变爬行为游动，这时候它摆动着长长的尾巴，以非常快的速度游起来。也因此，我们只用了短短五天半的时间就完成了这次航行。

整个航行中，我们的房间里空气无法流通，闷热难耐，开头两天我们都觉得头疼，不过等适应了，也就不再感觉难受了。

第六天下午，我们发现大海螺正在爬一个缓缓的斜坡。我们越往上爬，光线越亮。最后，我们发现海螺已经爬出了水面，在一片狭长的灰色沙滩上停下来，一动不动。

在我们身后，微风吹拂着海面，左边是潮水奔涌的河口，前方是一片低洼之地，被雾气笼罩着而无法看清远景。一对野鸭伸着脖子，拍打着翅膀从我们头顶掠过，向大海的方向飞去，最后变成小小的影子消失不见。

这种景色与时刻沐浴着耀眼阳光的波普斯佩泰大不相同。

伴随着嘶嘶的呼吸声，大海螺再次为我们张开贝壳的口，好让我们钻出来。当我们踏上这潮湿的沼泽地时，天空正下着浓密的秋雨。

“这是英国吗？”棒波盯着浓浓的雾说，“这地方真特别，大海螺不会把我们带错地方了吧。”

“没有错，”波利尼西亚甩甩羽毛上的雨水，叹口气说，“这就是英国啊，闻闻这湿答答的空气就知道了。”

“喔，伙计们，”吉普兴奋地大口呼吸新鲜空气，“我闻到最美好的气味啦！抱歉我失陪一下——我看见一只水老鼠！”

“嘘！听啊，”齐齐被冻得牙齿打颤，“泥塘镇教堂的大钟敲响了四点的钟声。咱们为什么不赶紧卸下行李回家去？穿过这片沼泽，还得走上好一阵呢。”

我插嘴说：“但愿哒哒在厨房里生好了炉火。”

“它肯定会的，”医生从一堆行李里找出那只破旧的手提包，“现在刮的是东风，它得生火好让屋子里的动物们取暖。走吧，我们沿着河堤走，免得在浓雾里走丢。你们知道，在这么糟糕的天气里，唯一让人有点盼头的就是厨房里烧得正旺的炉火了……已经四点啦！快走吧，咱们正好能赶上下午茶！”

THE END